タイムス文芸叢書
003

# 燠火《おきび》／鱗啾《りんしゅう》

竹本 真雄



沖縄タイムス社

もくじ

第25回新沖縄文学賞受賞作

# 燠火《おきび》

人指し指で頬骨《ほおぼね》のあたりへ円を描《か》くようになぞりながら、指先の腹に微かな感触を感じては、ロッカーまで足をはこび、扉の内側にある鏡を屈みがちに覗く。灰色がかった頭髪から、額、眉毛、下瞼ちかくの弛みへとゆっくり視線を移したあと、抜糸あとの残る右頬の赤みがかったところで釘付けになる。二ヵ月前に切り取られた黒子《ほくろ》のあとだ。手術台で仰向けになっていて、大きいとはいえ豆粒くらいのものに医師や看護婦二人があたるので、大仰なことになってしまった、と苦笑したものだった。

鏡を見つめ、これから毛を抜かなくてもいいのだ、と独りつぶやく。実際、黒子《ほくろ》からの毛はめんどうなもので、四、五日ごとに張って盛り上がり、表面に触れるとちくちくして気にもなった。一ミリに満たない毛先に目を凝らしながら、毛抜きで挟んでは慎重に抜きとる。途中切れたりすると、不快感がつのった。これで何十年繰り返してきた煩《わずら》わしいことから解き放たれる、という安堵感を覚えていた。

仕事場には、わたしが出版の手助けをしている関係から退職教師などが訪れては雑談を交わしたりする。ちょっとしたサロンで忙しいときはめんどうに感じることもあるが、これも仕事のうちだと考えるようになっている。

傷跡が短い線の感じでひんやりする二月中旬の旧正明けのことだった。

その日はめずらしくだれ一人訪れる気配もなかったので、十一時ごろ届いた県紙の書評欄を読んでいると、ガラス戸を叩き、小脇に紙袋を抱えた老人が現れた。色黒で背広の内からワイシャツの襟先が捩《よじ》れてでている。靴も踵《かかと》がすり減っているわけではないがくすんでいる。さり気なく手に目を向け労働に従事しているもののそれであるのを悟った。立ち上がると急須《きゅうす》にお茶っ葉っぱを入れ、ポットからのお湯をそそぎ湯飲みに注いで差し出した。ところが飲む様子もなく、瞬きもせず見つめているので戸惑いつつ、

「初めてお目に掛かりますが、どういう用件でしょうか」と話しかけた。それでも黙ったまま凝視する老人に苦笑いをしながら、「わたしの顔に何かついていますか」と冗談交じりに問いかけると、我に返ったかのように口をひらいた。

「実はちょっとしたものを出したいと思ってましたところ、知人からアンタのことをお聞きして尋ねた次第でして……」

いくぶん間延びした口調のなかから宮古島の訛《なま》りが聞きとれる。温和そうに見える人柄だが、そうともいえないものを感じさせる。

「これでも一応公務員上がりですが、現在は裏地区の平久保《ひらくぼ》に住んでいます。退職してから二十二年、ずっと農業をやってきていてねぇ。時間のあいたときとかに書きためたものがありまして……。イヤ、しかし、わたしの場合は他の人が出しているような立派なものではありません。差し上げる人もそんなにいませんし、少部数でいいから出してくれたらと思いましてなぁ。ナニ、金は準備してありますから心配しないで下さい。アンタの目を通してもらったあと、ゆっくりでいいですから……」

喋ったあと、ようやく音をたて茶をすすりはじめ、名前を言い忘れていたといい、狩俣虎夫と名乗ったあと紙袋を差し出し、立ち上がり軽く頭を下げると出て行った。

わたしはドアの把手《とって》に手を掛けたまま、半分が陰になっている舗道を東へと歩いていく、禿げあがった頭に広い肩幅でまだ張りのある太股《ふともも》の老人を見送ったあと、椅子に腰掛け、しばらく方眼状で半透明シートのかかったガラス戸の内側から外へ目を向けていた。真っ青な空に綿菓子のような雲がぽつぽつ浮かんでいる。冬と春が同居しているかのようだ。三寒四温《さんかんしおん》とはよくいえている。昨日一昨日は強風と小雨のぱらつく十二度台の寒さだった。

陽射しのなかを喪服姿の老人たちが寺のある西方へ歩いていく。去年のことだった。顔見知りの男の父親が訪れ、本を出すつもりはないがと前置きし、群島政府のころ酷《ひど》い仕打ちを受けたので見返してやろうとしたが、叶わなかったことから、それらの人たちの葬儀のとき香典千円を包んでいき、遺影に向かって手を合わせ、うわべは供養を装いながら心の中で罵声《ばせい》のかぎりを浴びせて帰り、これまでのことを思い出しては独りにんまりほくそ笑むといい、長生きでしか悔しい気持ちは晴らせないんだとあれこれ話したあと、自分流の健康法をながながと喋っていた。

その後、新聞の謹告《きんこく》を目にするたびに、ちびちび酒を飲み、嬉々として振る舞う老人の姿が、口の奥から吐き出された饐《す》えた臭いとともに頭から離れなかった。

テーブルの上に置かれた紙袋の中身を取り出すと、表に『我が人生―八十年を顧みて―』とあり、Ａ４判の白紙にボールペンで書かれたものが五十三ページ綴じられている。字の詰めぐあいからして原稿用紙にすると百四十枚くらいのものか。それに二つ折りになった茶封筒には、最近撮《と》ったと思われる平野海岸から多良間島を望むパノラマ写真のほか数枚の風景写真が入っているだけで、家族写真のたぐいは一枚も無い。奇異に感じたわたしは目次のところをめくってみた。

第一章　生い立ち、第二章　軍隊時代、第三章　警察時代、第四章　農業に生きる、とある。それぞれの章では二枚から三枚にわたって二十くらいのものに題が付けられてある。二年前伊原間部落の巡査だった方の自分史を出版したことがあったので、何気なく三章の目次をたどっていて、ハブなのかそれとも少年か、という思いがけないタイトルに惹かれ、ページをめくると読みだした。

――昭和三十三年三月十一日、曇り空。朝九時ごろ震度5の地震が石垣島を襲った日だった。石垣市字大川〇〇〇番地のＹ生（五十二歳）の死に驚いた発見者が警察に通報してくる。地震直後だった。机の下から這いだし、宿直室でお茶を飲んでいた金城刑事と二人で急ぎ現場へ向かう。自転車で署から西へ向かい三階建て映画館の建設現場を右へ曲がる。卸問屋、鍛冶屋、こんにゃく屋、指し物屋を過ぎ坂道にさしかかる。ペダルを強く踏む。石垣やアワ石塀が倒壊しているのを見て驚く。金城刑事と駐在所の落成祝いで明け方近くバスで帰ってきていた。息を切らし、てんてこ舞いとはまったくこのことだと思った。

　病院の高い建物が見え、長い坂道はゆるやかになる。そこの辺りを左へ曲がって、茅葺きの家並から百メートルくらい走らせていると、崩れかけた石垣の見える民家の前が人だかりになっている。自転車を降りサドルを立てる。剪定《せんてい》されたガジュマルがヒンプン代わりになっている。庭先には、古びた屋根からの泥の塊と瓦が四、五枚落ちていた。雨戸の開いた軒先で隣の家に住む死体発見者から説明を受ける。彼は被害者である独り暮らしの初老の男にときたま味噌醤油や芋を与えていたらしかった。男も屋敷の西側にある六十坪ほどの畑から収穫される野菜を持参しては世間話をしていたとのことだった。発見者は、酔って寝ていてこうなるとはなんと運のない方だと悲しんでいる。カッと見開いた男の顔は黒ずみ浮腫《むく》んでいた。柱に引っ掻いたと思われる深い爪痕があり、枕は転がっている。嘔吐《おうと》物が臭う。何時も五時半に起き、雨戸を開けているのに、今日に限って物音がしない。七時になって声を掛けても返事が無いので戸を開けたところ、ヘビが二匹這っている。それで気味悪くなり、大声で名前を呼んでも起きないので、上がって見ると、とぐろを巻いたハブが首の近くにいるので棒で叩き殺したと話し、頭が潰れてながくのびた庭先のハブを指さした。

金城刑事と本や雑誌が数冊だけの家の中を見渡し、所持品や所持金など盗まれた気配のないことを調べた上で、ハブによる咬症《こうしょう》事件として署に戻る。酔っているとハブに打たれても気づかないに違いない。それに真っ暗だと何も見えない。実際農村地区でのその様なことはこれまで何回か起きていた。そんな死に方をすると決まって、悪いことをしたから罰《ばち》があたったのだ、と噂《うわさ》されることになる。しかしそのことには気になることが三つばかりあった。一つは戸口辺りでの大人の素足に近い足跡だが、それは近所の人たちが覗き込んだりしていたことによるものとして、二つ目は九文半くらいで左足の真新しい青のゴムゾウリが石垣の下に落ちていたことだった。残りの一つは敷居が濡れていたことだったが、そのことを金城刑事に話すと、夜中に起きて小便でもしたのではないか、君も寒いときそうしているだろうと笑われる。確かに屈んで見たとき臭いがした。それでもゴムゾウリがどうしても引っ掛かっていたので、聞き込み捜査をすると、近所の小学四年生が浮かび上がった。その子は青いゴムゾウリを履《は》いて走り回っていたとのことだった。それがその事件の翌日から履かなくなってていると話すので、登校前に訪ねることにした。朝飯抜きの身体で坂道を登り切るのはくたびれた。三月の中旬になっていたが前日の夜半から寒波が押し寄せ、北風の強い朝だった。こんなことはこれまでに無いことだった。家は男のところへ行く曲がり角の茅葺きだった。

通りより窪《くぼ》んだ屋敷の門をくぐると、井戸で水を汲んでいる少年がいる。わたしを見ると、手繰り寄せた釣瓶《つるべ》の水をバケツに入れるのを止め、顔を強張《こわば》らせていた。それがその子であることは一目で分かった。炊事場《トーラ》で豆腐を造っている母親は、警察官が訪ねてきたことに驚く。お茶を飲んでいる父親のところへ母親と少年を呼び、ゴムゾウリのことを訊ねる。下を向いて黙っている少年は父親に怒鳴られると、護岸で滑って転んだとき流されてしまったのだと呟《つぶや》いた。目のふちがくまになっている母親は、買ったばかりのゴムゾウリを失くしたことに激怒する。少年は泣きだしそうになる。それ以上聞くことを止め、少年の話していた護岸へ行き、波うちぎわにゴムゾウリがないか探し歩いたが見つけることは出来なかった。漁師《ウミンチュ》たちにもあたってみたが結果は同じだった。

その後も被害者の家を捜査に行ったとき、近所の人が、夜中に石垣の崩れ落ちる音と子どもの悲鳴に似た叫びを聞いた気がするというので、もう一度少年に会って確かめた。そのとき少年の膝《ひざ》の傷を問い質《ただ》したが、護岸でのことだと言い張るばかりだった。その少年に疑いを持ち、再び近所の人から聞き込みをしたところ、意外なことに、少年の母親と男とは若いころ関係があったことを知らされる。それで少年の母親や父親に訊ねたが、新しい手掛かりは何一つ掴めず仕舞いだった。少年を署に呼びつけ、徹底的に絞り上げるつもりでいたところ、残念なことに島を二分する激しい選挙戦が始まり、打ち切らざるをえなくなってしまった。確かな物的証拠はないが、今でもそのときの少年は何かを知っていると考えている。小学四年生としては小柄なほうだった。なにぶん昔のことなので当時の面影はまったく残ってないだろう。たとえ会えたとしても分かろうはずもない。しかし、一つだけハッキリ覚えていることがある。それは少年の右頬に黒子《ほくろ》があったことだった。近所の子どもたちによると、悪漢探偵《あっかんたんてい》のとき少年がとてもすばしっこいのは鼠年《ねずみどし》生まれだから、と話していたから確か五十一くらいの歳《とし》になっていることだと思う――。

読みおえると強い力で過去に引きずられるのを感じ、しばらく震えがおさまらなかった。むず痒い手術あとの傷に指を触れると、外した眼鏡を原稿の上へ置き、しつこく指を鳴らしたり、狭い仕事場のなかを歩き回ったあと、ソファーに沈むように腰を下ろすと、立て続けに煙草を吸っては吐き出した。しばらく揺れながら舞い上がっていく煙のゆくえを追うかのように、あの日のことを思い出していた。

坂道から海の見える懐かしい風景。豆腐のにおい。湯気の漂う真冬の井戸水汲み。滑車の軋む音。空釣瓶《からつるべ》を深い井戸へ加速をつけて落とすとき、水面にさしかかる頃合いをはかって縄尻あたりを強く握り締め、飛沫《しぶき》を放つ棕櫚縄《しゅろなわ》からの刺を指に食い込ませたこともたびたびあった。朝早く一升瓶二本を持たされ、豆腐を凝固させる海水を酌みに行かされたこともあった。夏はまだいい。冬は夜の明けるのが遅いので怖いのと寒さでとても嫌だった。

確かに、わたしは警察官から疑いを掛けられていた。

その夜、父や母の寝静まるのを待ち、寝床から半身を起こした。

家の裏手からの物音が気になっていたが、きっとあの白い雌犬に違いなかった。いつだったか木陰に横たわり、広げた後脚の間へ首を回し、股ぐらの血を舐《な》めていた。布団を頭まで被った父と母が暗がりのなかでこんもりしている。便所は家の後ろなので、どこの家でも、小便は庭で済ませていた。寝ていて音でだれなのかがすぐに分かった。天井が無いので曲がった梁《はり》を鼠《ねずみ》の渡っていく足音が聞こえる。家を出て雨戸を静かに閉めると、床下の奥へ這い進み、三尋《さんぴろ》くらいの太い竹竿を引き出した。頭に掛かったクモの巣を払い、深呼吸をひとつしたあと、門を出ると西へ向かって歩いた。雲の切れ間から釣針を描いたような星々のつらなりが瞬いている。その上には大きな星がめらめら赤い光を放っていた。福木や桑の木があたりをいっそう暗くさせている。サルスベリの木の枝に下がった蓑虫《みのむし》が揺れる。右に曲がり、煙草乾燥場の高い建物のある家の裏手から回ることにして歩く。途中だれかに見られないかドキドキしながら竿を持ちなおす。去年乾燥場の側のケーズの木でそこの家を間借りしていた姉さんが首を吊っていた。家主の叔父さんが木から下ろしたことで警察の人にこっぴどく叱られていた。そこら辺りの石垣を越え、男がいつも寝ている一番座の敷居を小便で濡らすと、戸を開け、竹竿の先の四角い楔《くさび》を抜き取り、男の首もとへのばしていくと、斜めに向け五分間くらい待った。

四匹のハブがずるりずるり這っていくのが筒《つつ》になった竹竿を通して伝わる。軽くなっていく竿から最後の一匹の落ちるのを確かめ、東側の石垣を越えたところ、崩れるのでびっくりして逃げた。それで左のゴムゾウリと竹竿は男のところへ残したままだったが、警察官は竹竿のことはまったく気にも止めてない様子だった。問題になったのはゴムゾウリだったので、咄嗟《とっさ》に口をついてでた嘘で何とか逃れることが出来たのだった。

竹筒のハブのことはまず、下地春一との出会いから始まる。

彼がわたしの学校に転校してきたのは小学三年の十二月になった日からだった。わたしの通っていた学校は在籍数がわりと多かった。戦後ベビーブーム生まれのわたしたち三学年は八学級もあった。彼はわたしのクラス七組の隣の八組に入っていた。丸刈りで唇の左端から耳の近くまでの傷跡があった。噂では馬に噛まれたあとだということで、おまけに左の耳から黄緑がかった汁が垂れていた。そういう子をミンジャイと呼んでいた。

身体の大きな彼は何時も遅刻をしていて、下駄箱の前で俯いたままだった。先生が教室へ入れようとしても下駄箱の縁《ふち》を掴んだまま、てこでも動かなかった。

そんな彼をわたしは窓際の席からじっと観察していた。

それが二学期の終わりまで続いていた。彼はたちまち皆から特別の目で見られ苛《いじ》められることとなる。わたしとしては彼が転校して来たお蔭で内心ほっとするものがなかったとはいえない。それというのもこれまで苛められていたのはわたしであったから。

実は物心ついたころから頭や耳におできがあり皆からアカバーと囃子《はやし》立てられ、除《の》けものにされていたからだった。そういうものどうしは互いに哀れむものである。だが口に出して慰《なぐさ》め合ったりすることはない。眼差《まなざ》しなのだ。それを何と言えばいいのだろうか。そう、やわらかい視線の交信とでもいえるか。とにかく彼と感じ合うものがあったことだけは確かだった。

数ヵ月後、わたしたちが四年生になったとき校舎不足になり、隣の高校のグラウンドに茅葺きの仮校舎ができた。そのとき彼と同じクラスになったのだった。彼は以前のわたしがそうであったように窓際だった。いつも虚ろな目でぼんやりしていて、ときどき何かとおくのものを嗅ぐように首を傾け、鼻を鳴らしていた。先生も始めのうちは注意をしていたがそのうちかまわなくなっていた。ただ、彼の両方の腕から手先までがいつもかぶれていて、植物汁特有の青臭さを匂わせていた。

そんなある日、彼が軒下ちかくにとぐろを巻いてくねっているハブを見つけニヤッと笑って指さすので、どよめいた。とたんハブがすとんと落ち教室の机や椅子の間を這いはじめ、たちまち大騒ぎになった。目の色を変えた先生が教室の隅っこのバケツに立ててある箒《ほうき》を掴み取って逆さに持ち、額《ひたい》に垂れた前髪を払い、構えようとしているところ、彼がすーっとハブのところに近寄ったかとおもう間もなく首根っこを指で挟んだ。ハブは身を捩《よじ》り尻尾を手首に絡ませたが、彼はそのまま教室を出ていき石垣から適当な石を見つけ、ハブの首を絞めていた右手を左手に持ち替えると、あっというまに頭を砕いて放り投げた。その一部始終を見せつけられた生徒や先生は唾《つば》を呑《の》み込み、彼の周りから後退《あとずさ》りしていった。

その日を境に彼は変わっていく。

相手をじっと見据《みす》える目つきに凄味《すごみ》さえ加わりはじめた。彼は鞄《かばん》の中に小さなハブを入れていた。先生が注意しようものなら、先生目がけてハブを投げつけるので彼は特別扱いになってしまい、みんなから恐れられる存在になっていった。みんな黒板近くに詰め寄るので、後ろ壁ちかくの彼の周りは空き、狭い教室がさらに狭くなっていた。

休み時間には、アコー樹の新芽をつつむ白い表皮がはらはら舞い落ちる下で掌《てのひら》にのせた赤みがかった鮮やかな茶褐色のハブに自分の唾《つば》を与え、これまでミンジャイと蔑《さげす》んでいた者を睨《にら》んでは舌打ちをした。彼らは授業中縮こまって震え上がり、目玉をきょろきょろさせ、まるで落ち着きを失っていた。一週間ほどすると学校を休むものさえあらわれた。

ある日噂を聞きつけた上級生五、六人が彼を取り囲み、そのうちの一人が彼の鞄を引ったくり、逆さにした。筆箱や教科書ノートが音を立てて落ちる。ハブがいないので両手でひらいて覗き込もうとしたとき、シュッとのびたハブに眉間《みけん》を打たれた。一瞬のことで当の本人は何が起きたのか見当もつかず、目をぱちぱちさせ額《ひたい》を擦っている。足もとから校舎の物陰へ這っていったハブにさえまったく気づいてない様子で、笑いながら鞄の金具に親指の腹をすべらせていた。周りの上級生たちが驚きのあまり青ざめた顔で立ち尽くしているところ、しばらくして駆けつけて来た先生の自転車に乗せられ、学校近くの病院へ連れて行かれた。咬《か》まれてすぐの手当てと、毒が少量であったことから、命に別状なかったが神経をやられたらしく、四六時中顔面をひきつらせていて、とにかく普通ではないということを聞かされはした。

そのことが先生たちや父兄の間で問題になったらしく、彼の父親を学校へ呼びだしていたようだった。ところが彼の父親はいっこうに来なかった。詳しいことはわたしも知らない。だが彼は危険児童だということで強制的に学校を休まされることとなった。


彼のいなくなった教室はわたしにとって寂しいものだった。

また以前のように苛めが始まっていたので、わたしは学校へ行く振りをして何時もと違う道を歩いていた。彼がいつかわたしに指さしていた山のすそ野へと向かっていた。学校の西の道を北へ歩きながら、畦道《あぜみち》に咲いた黄色と赤のトッピンの花を萼部《がくぶ》から抜き取って、甘い汁を吸う。歩いているとあちこちから沸き立つようにクサゼミのジジーッという鳴き声がおしよせ鼓膜を刺激する。それが鳴きだし始めると、やがて吹き出してくるはずのあせもに額や首筋のあたりがちくちくした。

蛇行する坂道を歩く。遠くから見ていた山がすこしずつ迫ってくるのがわかる。歩いている先に馬車が見えたので駆けていき、頭にタオルを巻いた叔父さんに帽子をとってお辞儀をしたあと、後部へ乗せてもらった。痩せ馬でかわいそうだが我慢してもらうことにして、後ろ向きに腰掛け足を垂らす。路面の砂利を潰す車輪の鉄輪が音を立てる。今し方歩いて来た道の向こうに学校や村、それに砂糖きび畑や海が揺れて見える。小鳥が抑揚をつけた鳴き声に合わせて上下に跳ね、リズムをつけ飛んでいく。丸みをおびた柔らかそうな雲がぽつぽつ浮かんでいる。真夏のむくむくした力強いものよりそんな雲が好きだった。ときどき馬へ気合を入れる声が辺りに響く。

彼、下地春一は家でいったい何をしてるのだろう。

わたしは漫画雑誌『少年』を彼に読ませるため鞄にしのばせていた。馬車の通ったあとをウズラの親子が慌てて道を横切っていく姿が滑稽《こっけい》だった。一度汗だくになって追っ掛け回したがなかなか捕まえられなかったのを思い出す。横を向くと山の形が違っているので慌てて飛び下り礼をのべた。振り返った叔父さんは素っ気なくまたもとどおり前を向いた。やがて馬の尻と叔父さんの背中が遠ざかっていった。

辺り一面茅が生えている。刺のある植物が岩石の間の赤土を這い花を付けている。遠くから見ると蒼《あお》みがかってだけ見える山も近くで仰ぐと山肌が手に取るようだ。あちこち若葉が萌え出していて色合いに変化がある。歩いていくと、じくじくとぬかるんだ道に靴先が沈みかける。樹木をとおしてしみ込んだ雨水がすそ野で湧きだしていて、まるい池のようになっている。そこから水が溢れ出ている。周りを樹々の枝が覆い、奥のほうに鎮座《ちんざ》している石の香炉には線香の燃えかすが見える。靴を汚さないよう飛び跳ねながらあるく。遠くにさらに大きくて高い山が見える。やがて小川のせせらぎが聴こえだし涼しげな竹林が目に映ってきた。

そのとき、突然シュッという空気を切り裂く音がして、頭上から小鳥が一羽落ちてきた。そのあと草むらから現れた彼が首のだらんとなったヒヨドリを拾い上げ、視線を向けた。わたしは黙ったまま目でいつもの発信をした。しばらく経《た》ってゴムかんを片手にした彼が、斜めに向け突き出した額の顔から見上げるように微笑むので、近づき月遅れの漫画雑誌を手渡した。彼は礼を言うと小鳥を掴んだ手の脇腹に雑誌を挟み、ゴムかんを持った左手で誘導の仕種をした。わたしは彼の後から小道を下って前方を流れる川を渡り歩き、茂みをかきわけると傾斜を登り切った。

切株の残る二十メートル四方に、掘っ建て小屋一軒と黒ずんだ使い古しのトタン屋根の細長い豚小屋が在り、近くに赤い実を付けた大きな黐《もち》の木が聳《そび》えている。その根もとちかく土のえぐれた不安定なところに、口の広い甕《かめ》が横倒しになってあった。いつか町をふらついていたとき、薄暗い酒屋の奥に幾つも並べられていたのを見かけたことがあった。中の黒いどろどろしたものから、小さな気泡がぷすぷすと湧き、酒に似た匂いが漂っていた。

　風が吹く度に、遅れぎみに蕾《つぼみ》を付けはじめた芙蓉《ふよう》の葉裏がめくれる。豚小屋からの臭気に思わず顔を歪めると彼がニッと笑った。家の板の間近くで、シャッシャッシャッと音を立て鎌《かま》の刃を砥石《といし》で研《と》いでいる大きな男が、濃い眉の目玉からじろっと見つめている。酒の臭いがしてくる。目を逸らしたわたしは豚小屋を見ながら彼に話しかけた。

「驚いたな、こんなところで豚をたくさん養ってるなんて」

「うん。今はまだ静かなほうさぁ。朝や夕方にはとてもうるさいよぉ」

　気を利かせているのか彼は父親のいる小屋の方から離れるように歩きながら、豚小屋の前にある小さなリヤカーの傍《そば》に積まれた芋から適当なものを二、三個取り上げると、竹で細かく編まれた籠を持ち、クワズイモの群生する場所から蔓草《つるくさ》の絡まる灌木の茂みを掻き分け、川の上流へとわたしを導いた。歩くたび地面を覆った落ち葉が足もとで湿った音を立てる。オオタニワタリの新芽に糸のような水色のトンボが尻を上げてとまっている。川の両脇を高く伸びたヘゴがつらなり、そのてっぺんから、図鑑で見た始祖鳥《しそちょう》の翼に似た大形の葉が重なるように垂れている。木陰に入ると水がとても冷たい。ときおり陽が射すと、澱《よど》みがかったやわらかい水の膜を失うかのように、水底の様子をさらけ出す。

主流からわずか離れた大きな岩場の近くで、彼がポケットから取り出した芋を洗ったあと口の中で噛み砕く。もぐもぐさせ水面に顔を近づけていた彼は、膨らんだ口から芋粒をペッと吐いた。わたしも彼にならって吐いたあと、じっとしたまま待っていると、岩の下から青黒いエビが長い触角を交互に動かしながら、一匹二匹と用心深く這いだしてきて、芋屑を鋏でかき込むようにして、上あごをもごもごさせる。彼はそれを竹籠で上から被せたあと、手を差し入れて掴んだ。ピシピシはねるエビを帽子に入れ岩の上へ置く。水中で見たときとは頭胸部や体長が意外と小さい。人さし指くらいのものだった。

場所を変え今度はわたしがやる。這いだしてくるのを待ち、竹籠を水中に入れると、エビの動きに合わせてゆっくり手足を移動する。これが簡単なようでなかなか難しい。被せようとすると、歩脚と尾脚を巧みに動かせ後退りする。目玉をみつめ身体を左右にふっているうち、おもわずよろけてしまい服を濡らした。そのときわたしの後ろにいる彼が、腕を組んだ姿勢で笑いだすので癪《しゃく》にさわり、竹籠を投げつけた。と避けようとした彼は、バランスを失い足をすべらせ飛沫《しぶき》を上げた。はっとして抱き起こそうとするわたしに、彼が立てた掌《てのひら》で水を弾きかけるので、夢中になりやり返した。わたしと彼は抱き合い、水の中で戯れあった。びしょ濡れになってしまったわたしたちは服を脱ぎ、性器の大きさを自慢し合ったあと、陰茎を握った手を恥骨まで引き寄せ、包皮をつっぱり銃弾のように尖らせると、身体を弓なりにして、小便を遠くまで飛ばすのを競った。

始めのうち気づかなかったものが目に映る。赤みがかった両腕のほかにある身体じゅうの傷だった。それを指摘すると、彼もわたしの背中や腿《もも》の青痣のことを聞いてくる。わたしは身体の中に濁血《やなぢ》があるからと言われ、季節の変り目になると父の監視のもと、隣の老婆にガラス瓶の破《わ》れで刻まれ、血をぬかれていることを話した。近所の人から、子どもの身体からそんなに血をとるのはよくない、おできは本人が恥ずかしいと感じる年ごろになれば自然に治るから、と忠告されていたが父は聞く耳を持とうともしなかった。

いつか、身を捩って鏡に映る背中の雨脚のような傷を見たことがあった。そのあと、彼はわたしの両腿に視線を落としていたが、それ以上聞くことはなかった。

しばらく沈黙が二人を支配し、遠くからアカショウビンの鳴き声がこだましてきた。

揺れる樹々の間から射す光に目を細め、太陽を見上げる。こうして裸のまま肩を寄せ合っていると、身体から淡い光が周りに飛び散っているのが見える。岩場のわたしたちがこの世で一番美しいもののように思えてくる。さほど言葉を交わさなくても、すべてのものを共有できる一つの生き物に生まれ変わっていくことさえ覚えた。

せせらぎの音を聴いているうち、彼はふと鼻先を上へ向けると頭を傾げ、目を薄くして唇を斜めにはしらせた。

見覚えのある表情だった。

振り向いた彼はシダの生える川べりの椎《しい》の木の根もと辺りを顎《あご》でしゃくった。彼は立ち上がると急いで乾かしていた服を着はじめる。わたしも彼に合わせる。彼はわたしがバンドをきつく締めたのを見ると、川べりへと水の中を歩きはじめた。ふたたび靴を濡らすのが嫌だったわたしは、水面に顔をだす石の表面を爪先で確かめながら、用心深く渡り歩いた。

　朽ちた椎の木の近くで立ち止まった彼は、わたしを見て指さした。

わたしは彼の指先辺りに視線を向けた。岩の窪みに積もった落ち葉のあたりで、微かな摩擦音がする。それがハブであるのはすぐさま分かった。もつれた太い縄の瘤《こぶ》のようでありながら、よく見るとずるずるからだを動かせている。ときおり椎の木の梢《こずえ》が風にゆれ、陽光がこぼれると腹部の粒状の白い鱗《うろこ》がきらきらする。

　わたしを見て笑みを浮かべると彼はハブの頭部の後ろへ回り込み、屈んだとたん、右手を素早く伸ばし、親指と人差し指でハブの首根っこを挟み、立ち上がった。彼の目の高さから膝のあたりまでのびたハブが、尾先へ力を込め、よじっている。

「ハブ、触《さわ》ってみるか」と彼が言った。「しかしそんな勇気は無いよなぁ」

「何言ってる！　これくらい僕だって」

咄嗟に口をついて出た言葉に後へ退けなくなっていた。

逃げ腰になって不自然に差し伸ばした手の、人差し指と中指で、恐るおそるハブに触れた。彼への信頼からかわたしは目を瞑《つむ》ったまま、いつのまに掌で覆うようにハブの胴体に指先を滑らせていた。腹部以外は思ってたよりぬめぬめしてなく、どちらかというと乾いた感触に近かった。気色悪いというよりも、不思議なことにハブの眼とか舌先や牙《きば》さえ見なければ怖いという思いはそれほど起きなかった。懐かしいものというのか、むしろ身体の一部のように感じられる。たとえば、毛穴から毛穴へ菱形につらなる皮膚の表面にできた瘡蓋《かさぶた》のかさかさした感触と似てなくもない。おまけにハブの匂いが、瘡蓋の裂け目から滲む膿汁《うみじる》の匂いと似通っているようだった。鱗を親指の爪先で引っ掛け、下から上へと動かせてみる。すると内側から筋肉をぴくつかせ、これまでと違った生臭い独特の匂いを漂わせる。今度は、ゆるく握った手をゆっくりずらしていくと、尾先が掌で虫のように動き、こそばゆくなる。わたしはやがて小さくなったハブが掌から腕へ、くねりながら這い入り、そして身体の中を泳ぐのを、ときおり差し込んでくる木漏れ日に赤くなる瞼の裏で独り想像していた。

「オイ、お前、だいじょうぶかぁ」

彼の言葉にたちまち我に返ったわたしがハブから手を離すと、彼はハブを椎の木の根もとに放った。ハブは慌てふためいたように朽葉を這っていった。

「お前もハブを手なずけることができるかも知れんゾ」

「僕にな、まさかそんな……」

「うん、僕の考えだと、ハブは汗っかきをあまり好かないみたいだ」と彼は言った。「それと他の人と違う身体の匂い、というか……お前、おできがあるだろ」

わたしはいささかめんくらった。ハブを触りながら、そのことを何気なく感じていたからだった。わたしは話を聞きながら知らず知らず彼の耳へ視線を向けていた。

「これかぁ？　ほんとは僕もそんなことを考えたりしたんだ。それもそうだけど……。あんまり清潔好きだとハブにはよくないみたいだなぁ」

彼は左耳に差し込んだ小指を回し、指先に付着した耳垂《みみだ》れをさり気なくズボンの尻のあたりで拭うと、微かに笑いを浮かべた。

「また酒飲みも気を付けないといけないらしい。この前、親父は町から買ってきた硫黄《いおう》というのを家の周りに撒いていたが、大雨が降ると何の匂いもしなくなって、ハブが家のちかくにいたなぁ」と彼は話した。「難しいことは分からないが、とにかく千人に一人くらい咬まれて何ともない人や、生まれつき咬まれない人がいるかもしれない……」

「春一、もしかして君はそのうちの一人に入るのではないか?」

彼は何か考え事をしているのか、わたしの言葉に上の空だった。それから思い出したかのように、再び歩き始めた。しばらくすると木々の間から空が見え、灌木の隙間を掻き分けていくと、丈の低いススキの群生が姿を現し、眺望《ちょうぼう》が開けた。風が吹いていて、いくらか汗ばんだ首筋や額を心地よくさせる。中腹まで辿りついていた。

尾根筋が手前から右手に向かって西方へ高くカーブを描き、くねりながら伸びている。わたしは自分の住んでいる家の辺りから町、それに遠くに傾きかけた太陽の下の島々を眺めて大きく息を吸い込んだ。彼に声を掛けながら話していたが、返事がないので振り返ると、背を向け反対側の風景を眺めていた。西陽に照らされた山並みの起伏から裾野《すその》辺りは緑が色褪《いろあせ》ている。真下近くの彼の家は視界に入らないが、手前に広がる平野の西方に木屑を掻き集めたような違和感のする民家がある。風に吹かれながら辺りを見回していた彼が、フビルの木を見つけると歩きだした。彼は台湾人の話をしながらフビルの実を摘み取り、掌に納めきれなくなるとわたしの帽子に入れた。当然のことながらわたしのは熟れたものだったが、彼のは青い実ばかりだった。やがて帽子に入りきれなくなると、草の上に腰掛け二人でフビルを食べた。甘い味が口にひろがる。彼は口をすぼめ、ちょっちょっと鳴らしては顔をしかめ、上下の歯を剥き出しにして笑った。そのあと、口に含んだ種を遠くまで飛ばしっこした。それはわたしのほうが上手かった。彼は何度やってもわたしに敵《かな》わなかった。

しばらくかわるがわる飛んできては、実をついばみながら、喧《やかま》しいくらいに鳴くヒヨドリを眺めていると、彼が話しかけてきた。

「信一、さっき家にいた男なぁ、あれほんとの父親と違うんだ」

「えっ!」

「お母さんは二年前に亡くなったんだ……」

彼の言葉にどう応えていいのか分からず俯いているうち、なぜかあの事が甦ってきた。

わたしが悪さをすると決まって、父と母の間に寝かされた。ランプの明かりが吹き消され、真っ暗闇になると小言が始まり、父がわたしの腿《もも》をつねりはじめるのだった。

ある夜のことだった。かなり酔った父が、お前は家《うち》のほんとの子どもではない、畑の帰りに塵捨場でカシガー袋に入って泣いているのを見つけ、拾って来たのだと話していた。袋をくいちぎって入ってきた鼠に、頭を噛まれて泣いていたのだともいう。母は息を殺したまま無言だった。わたしはその日から、村の後ろにある、岩盤地帯の陥没《かんぼつ》したあとの塵捨場で、てらてらと身体をひからせて犬や猫の死骸にたかる蛆虫《うじむし》やハエにまみれながら袋の中で泣いている自分の姿を思い浮かべては、寝つけず、夜中に暗く手招きしてくる塵捨場までいき、アコウ樹の幹に隠れ、覗き込むようにして、棄《す》てられていたという洞《ほら》のあたりを窺っていた。湿った夜など、淀んだ臭気が風に押し流されてくると、思わず吐き気をもようしたりした。またときには何かがごそごそうごめく音が聞こえ、得体のしれない生き物の目玉だけが怪しい光を交錯させていた。その塵捨場の周りを、ギンネムが閉じた葉を黒々と重く垂れさせていた。そんなことがあってから、機会あるごとに鏡の中の自分の顔をまじまじ見たりしていた。

そのとき微かな物音がした。フビルの木の根もとに落ちている実を食べに、子鼠がきていた。わたしと彼はそれを見るともなく見ていた。俯いて口をもぐもぐさせている子鼠が突然慌てだすので、あれっとおもいながら眺めていると、彼がいつもの仕種で鼻をならしはじめたとたん、それほど大きくないハブが草の茂みから這いだしていた。ハブから一メートルくらいにいる子鼠はじっとしたまま動かなくなった。

「ハブだって弱い生き物さ、見ていろ」と彼は小枝を折って忍び足で近づいていくと、素速くハブの頭を押さえ、右手の指で挟み、考えられないことをはじめた。なんと左手でハブの尻尾を引っ張り、口にくわえ、ずらしながら、ぎしぎし、噛みつけ、そのまま地面に放り投げると、ハブを眺めながらフビルを口にした。棒状に伸びたままのハブは、歯形のところから、にわかにむくむく膨れ上がって、瘤《こぶ》だらけの醜い姿に変わり果てていった。

「見ろ、怖いといったって、このざまだ」

わたしは彼に目を遣《や》ると、思わず口許を何度も拭いながら、彼に自分とは違うものを感じはじめ、いくらか怖くなったりもした。

「おもしろいだろう。それとハブに咬《か》まれたときなど、クワズイモの茎《くき》の汁を塗りたくると毒消しにもなるらしい。どうしてかは知らないが、川で鰻《うなぎ》を捕っていた台湾人から聞いたんだ。だが、お前だと酷《ひど》いかぶれになるからしないほうがいいかもな。ハブのような毒蛇は台湾にもいるらしいよ。宮古にはいなかったのに、変だなぁ」

そのとき、わたしは赤かった彼の腕への疑問が解けた。

微動だもしなくなったハブの近くで、ふたたび子鼠が実を探りはじめると、わたしはわざとおどけて肩をすくめてみせた。彼の目許《めもと》がゆるんだ。

大きく膨らみ、沈んでいく太陽が雲間に隠れると、辺りは急に薄暗くなりかけた。しばらく遊びに夢中になっていたわたしと彼は慌てて山を駆け降り、彼の家への小道のところで別れを告げると、わたしは暗くなっていく道を小走りで駆けながら家路へと急いだ。

門まで長くのびているランプからの明かりの中へ、恐るおそる足を踏み入れると歩きだし、井戸端の溜めた水で足を洗い家の中へ入った。

食事はすでに済んでいて、それにわたしが学校へ行ってなかったことも両親に知れていた。その夜も父に腿をつねられるものと覚悟して部屋の片隅に縮こまっていたが何ともなく、そのかわり父と母の諍《いさか》いが始まる。何時ものように酔った父が、母を殴り、母が言葉を返すと、目つきを変えた父は、飛びかかっていき、髪の毛を掴んでは辺り構わず、引きずり回した。母は何の抵抗もできず、ただ動物のような悲鳴を上げている。いつもよりひどい喧嘩もやがておさまり、寝床が敷かれたあと、真っ暗闇になると、思い出したように、ふたたび父の怒鳴り声がぶり返された。

「お前の男はアカだったではないか！　ふん、お前なんかあのアカの慰みものだったんだろう。アガヤー、あんなアカに何が出来る」

母はただ嗚咽《おえつ》を漏らしている。

興奮したわたしはなかなか寝つけず、暗がりを見つめたままでいると、やがて髪や顔それに全身が赫《あか》い大男に抱かれはじめた母の身体がたちまち燃えあがっていくので、父の言うアカが何か途轍《とてつ》もなく恐ろしいもののように思え、身震いをした。

そして終いには、その燃えさかる妖怪《マジムン》から飛び火した炎にわたしや父までも呑み込まれていくのだった。

全身汗だらけになったわたしは、乾ききった喉へ何度も唾を呑み込んでいた。

それからしばらくして春一のことを思い出した。帰るとき彼は父親にどやされていた。

わたしはそれが自分のせいのようで気が重くなっていたのだった。


わたしはときおり振り返って学校を眺めては歩いていた。

鞄の中から弁当のおかずが匂ってくる。家を出るとき、母が何か言いたげに見つめていたのを思い出す。今日は間違いなく行くから、という視線を母に投げかけていた。ところが学校の近くまでくると、足が独りでに向きを変えていた。帰り際に彼が父親に怒鳴られていたのが、家に帰ってからもずっと気になっていたこともあるが、それだけではなかった。彼がわたしにハブを触らせたあと、捕らえたハブをたくさん隠して飼っていると話していたことがあった。

まっさらな風が野山を吹きまくっている。空の雲も、このまえとは違って輪郭を整えはじめているように見える。

おだやかに波うつ茅のなかから延びていく小道を歩き、竹林の梢のそよぎが目に映ったとき、リヤカーを引く彼の後ろ姿が見えたので、駆けていった。振り向いた素足の彼はリヤカーの把手を握ったまま立ち止まった。大きめのバケツ二つに入った豚の餌《えさ》の酒粕《さすざい》が鼻をつく。わたしは横からリヤカーを押し、久し振りに会うかのように彼の顔を見つめた。彼もはにかんだ表情をわたしに向ける。彼はわたしの家の前を通ってきたとつげた。嬉しくなり押す手に力を込める。ちっとも面白くない学校でのことを彼に話す。草の葉先におんぶバッタがとまっているのを見ながら、前に通った道を避け、迂回する。まわりにせまる木末《こぬれ》がしなったり、リヤカーの側《わき》をこする音がする。小石の上を車輪がのっかかるとリヤカーは揺れ、酒粕が蓋《ふた》の隙間からいくらかこぼれる。せかされるように白い花をたくさん咲かせている芙蓉の木々をくぐっていくと、豚の鳴き声がしてきて、黐の木や掘っ建て小屋が姿を現した。豚小屋の前にリヤカーを止めると、豚が騒々しく鳴きだした。

彼が蒸《ふ》かしてあった芋に、酒粕を急いで混ぜ、豚小屋の餌受けに入れはじめると、さらに鳴きわめく豚は我先にと頭を突っ込む。わたしは子豚のほうの餌を手伝った。終えると汚れた手を洗って、一息つきながら、糯《もち》の木の下で彼と皮を剥きながら芋を食べる。楽しかった山登りのことなどを話していると、薄暗い部屋の中から、上半身裸でパンツ姿の彼の父親が起き出してきてたかとおもう間もなく、彼の襟首《えりくび》をふん掴み振り回したあと、放り投げ、目玉を剥き出しにして声を荒らげ、叫んだ。

「餌をあげるのが遅いでないか！　このヤナボンクラーが……。今までなにしてる！」

転がされてうつ伏せの彼は糯の木の根もとを見つめ無言のまま、肘を立てて起き上がると、俯いた。あまりにも突然のことにわたしは仰天し、仰け反り、足で地面を蹴るように、座ったまま後ずさって木の傍の甕に背をもたせかけた。

「何処《どこ》を歩き回っていた、ええっ！　このごろ帰りがいつも遅いでないか！　今日はただではおかんゾ！」

叫ぶやいなや、戸口に放り投げてあった鎌《かま》を握ると、よたよた歩み寄り、彼を睨み、鎌を斜め横から降り下ろした。彼の叫びに思わず目を閉じたあと、恐るおそる瞼を開くと、彼の頭のわずか上で鈍色《にびいろ》の刃がぎらぎら輝いている。酒の臭いのする彼の父親は舌打ちをしながら糯の木の幹に食い込んだ鎌を抜き取っている。わたしは投げ出した足のまま、手と腰を動かせ静かに前へにじり寄ると、右脚を、彼の父親の足の間に忍び込ませ、力まかせにはね上げた。と、父親は鎌から手を離し横へ倒れた。そのとき彼がわたしの脇のあたりへ鋭い視線を向けた。大きく口を開けた甕がある。わたしは弾かれたように立ち上がり、彼の指図《さしず》に従い父親を二人で抱え、頭から甕の中へ入れると、素速くぐらつく甕の尻に弾みをつけて飛び乗り、上向きになったところを彼が抱き起こした。逆さに入った彼の父親は悲鳴を上げた。彼はリヤカーのちかくに置いてあった酒粕の蓋で押さえ、小屋の外壁に掛けてあるカシガー袋と縄をわたしに持って来させ、それで蓋の上から覆いきつく何度も巻き付けてくくった後、息をはぁーはぁーさせながら甕に手を掛けると、苦しそうに何度も唾を呑み込み、そのまま地面にへたばった。

わたしは股間《こかん》を濡らしたままで黐の木に凭《もた》れていた。

わたしたちはそのままの状態でしばらく向き合ったままだった。

「こいつがお母さんを殴り殺したんだ。こんな奴なんか死んでしまえばいいんだ」

わたしは彼にこれまで起きたにちがいないことに思いを馳せると、何も言えなかった。

それから彼は小屋の裏手にある竹林へ誘い、飼っているというハブを見せた。金網を張った四つの素麺箱《そうめんばこ》にハブがそれぞれ二匹くらいとぐろをまいていて、小鳥の綿毛が微風にもてあそばれるように舞っている。わたしが顔をちかずけると静かにずるずる動きはじめ、巻き上げていたからだに引っ込めた三角頭をもたげはじめ、瞬きしない眼で様子を窺うようにじーっと見つめ、ときおり先のわれたほそい舌をちょろちょろだす。彼が網目から細い竹の枝をのばして斑紋のからだに食い込ませると、鎌首を一瞬後ろへ引くような動作を見せたかとおもうと牙を剥き出しにしてシューッと跳んできて、網を打つ。そのとき半透明の黄白色の液が牙をつたわり滴り落ちる。

「何度か試してみたんだが、どんなに毒の弱いハブにでも急所を打たれればたいていは参ってしまうゾ。人間だって数匹のハブに咬まれれば死ぬことになる。こんなものでこうしてから……」とつぶやくように話したあと、しばらく黙っていた彼が急に威圧する目つきで「お前、今日のことだれにも話すなよなぁ」と言うので、わたしは頷《うなず》いた。

それから忘れていた、わたしの弁当を二人で食べたあと、彼からハブの棲息場所の見つけ方を教えてもらったり、掴み方などを習ったりした。

これまでできる限り記憶から閉め出すようにしていたことのひとつひとつを思い起こしては、深いため息をついたりした。身体の中にたまった緊張をアルコールでほぐして、ぐっすり眠ってしまいたかった。原稿をあずかってからというもの、わたしの心は過去へ過去へと引きずられ、眠れない日が続いていた。

わたしのところで本を出したいというのは、ある程度のことを知っていてのことに違いなかった。そういう人間の出版をすることはない。ゲラ刷り校正の終わったあと、相手の出方を見てみよう、最後の手段はそれからでもいい、と考えていたが、しかし一方ではこれまで通り頼まれたことを精一杯手助けしよう、という思いがしないでもなかった。

再発した痛風を押し切ってようやく済ませ、那覇の印刷所よりゲラ刷りの届いた翌日のことだった。

朝の九時前に電話が入り、十一時に伺うとのことになっていた。会った日から二ヵ月ほどが過ぎ、四月の下旬になっている。

煙草を吹かしながら、どんよりした空を眺めていると、ドアに人影が射し、傘を手にした狩俣虎夫氏が入ってきた。背丈を推し量るように横目で捉える狩俣氏へわたしは型通りの挨拶を済ませたあと、お茶を差し出し、これまでの原稿執筆の労をねぎらうと、ゲラ刷りをテーブルに差し出した。

「お読みになりまして如何《いかが》なものでしょうか？」と元刑事の狩俣氏は厚い唇を開いて話しかけてきた。

「面白かったですよ。特にハブや少年が現れるところのものは……」

わたしは足を組み、努めて平静を装って応えた。

「そうですか。そのエッセイに書いてあることは謎でした。わたしは当然その少年のやったことだと思っていました……」

わたしはぎくりとした。思わず突いて出そうになる言葉を呑み込み、小さく息を吐く。テーブルの木目に視線を落とし、思っていました、という言葉尻を反芻《はんすう》しながら唇を舌で湿らすと、狩俣氏に目を遣《や》った。表面を穏やかに取り繕《つくろ》っていても内心の緊張が全身から滲み出るのを抑えきれない。

狩俣氏は訛りのある柔らかな口調で話しはじめた。

「ところで、それにあるように、その後選挙が済むと、わたしは八重山から沖縄本島へ転勤になり、家庭を持つことのないまま定年を迎えたあと、此処《ここ》へ帰って来てから平久保で農業を営んでいるわけですが、となりに独身の男が住んでいましてなぁ。数年前から寝込んでいるんですよ。話し振りからして宮古出身なのに、石垣俊一という名前です。それで同郷のよしみ、イヤ、独り身のよしみというんですか声を掛けていました。その男若いときからの酒の飲み過ぎとかで身体を壊しているんですナ。それでいて病院へも行ってないんですよ。頬はこけ、暗く落ち窪《くぼ》んだ目に異様な光が宿り、薄い皮膚の下からはすでに骨がのぞいているようで、とにかく骸《むくろ》を思わせる酷《ひど》い状態に見かねて、ときどきめんどうを見ていました。ところが変わったところがありましてね、わたしが卵をあげに伺ったときのことです。話しているとき鼻の穴をぴくつかせ、突然寝返りを打つと、むくりと顔を上げ、土間の台所のあたりを見つめるんです。それでわたしも男の視線をたどりましたところ竈《かまど》近くの火の神《ヒヌカン》の下に大きなハブがいるんですナ。逃げようとするのか、とにかく這いだしはじめるので、慌てて棒で力まかせに打ちつけたあと、頭を砕いたんです。得意になり、棒の先へハブを引っ掛けて見せたのですが、男は口許をぴくりと動かせただけで、まったく反応がありません。あまりにも無表情な顔に拍子《ひょうし》抜けしてしまいました。わたしはその夜、寝付きがわるくて起きだし、縁側で庭を眺めていました。春先の陽気のせいでしょうか、じっとりした風のない夜でした。畑の水溜まりでは蛙がうるさいくらい鳴き、平野海岸からは岩場に打ちつける波の音が聴こえてきます。雨のあと、天に首を突き出すように茎を伸ばして花をつける薄紅色の花を、ぼんやり見ながら冷めたお茶を飲んでいると、またあのことがゆらゆらと思い出されてきては、目が冴え、とても眠るどころではありませんでした。それで翌日、昔の事件を蒸《む》し返《かえ》すというわけではありませんが、ちょっとした手掛かりにでもなればと、男にハブの話を投げかけ、話題をそこへ持っていきましたが、おし黙り、何一つ応えませんでした。なぜか警戒心を露《あらわ》にしてましたなぁ。ところが、死のまぎわになって喋りだしたんです。それはわたしがアンタに原稿を預けたあとですから、最近のことですよ」

狩俣氏は一端話を打ち切ると、初めて会った日とは違って鞄から取り出した眼鏡を掛け、白髪の混じった太い眉の奥からわたしの顔をまじまじ見ては、お茶をすすったあと一息つき、ふたたび喋りはじめた。

「やはり名前は改姓改名《かいせいかいめい》したとのことですナ。そして最後に友だちだった方とのことがよほど忘れられないらしく、昔の話だと言いながら、眉根《まゆね》に皺《しわ》を寄せ、顔をしかめて喋り始めるのですが、喉《のど》にからまった痰《たん》がごろごろしていて、よく聞きとれません。なんでも本人が子どものころに、父親を殺したことと、それに友だちが或る男を殺そうとしているのを察し、夜中にその友だちの家まで行き、床下の竹筒のハブをヘビに取り替えたあと、男の家へ行き、教えた手口でハブを数匹男の首ちかくへ放ったとのことでした。死んだ男のことは後で聞かされたが、友だちが殺《や》ったのではなく、あれは自分の放ったハブで死んだのだ、と喘《あえ》ぎながらも身体の奥から絞り出すかのように、繰り返し話していました。嘘をついてる目ではありません。驚きながらわたしはそのときの少年の名前を必死に聞き出しましたが、口を閉ざしたままでとうとう息を引きとってしまいました。歳は五十一、二だということですが、ひどく老け込んでいましたなぁ。死顔は、ひきずっていた重い鎖《くさり》から放たれたようで、とても安らかなものでした。いずれにしても身寄りのないひとりぼっちの死は寂しいものです。一人で通夜をしましたが晩《おそ》くまで酒を飲みましたよ……。それにしても石垣の近くにあった竹筒までには気が回らず迂闊《うかつ》でした。若かったんでしょうなぁ。あ、そうそう忘れるところでした、石垣さん身体つきは大柄で、左だったか右だったか、とにかく唇から耳までの古い傷跡がありました」

話し終えると、強い咳払いをして、疑り深い刑事特有の目でわたしの表情を見据えた。

腋《わき》の下に汗が滲《にじ》んだ。わたしは組んだ足をほどくと、言葉を探すように視線を宙にさまよわせながら心を落ち着かせたあと、訊ねかけた。

「少年はその後どうなったのでしょう……」

「そのことです、わたしも関心があるのは……。しかしあれもこれもとっくに時効になっています。仮に石垣俊一さんの話を信じるとしても、なぜ少年はその初老の男に殺意を持ったかということです。動機といえるものがつかめません。まったく分からないのですよ……」

老元刑事、狩俣虎夫氏はしばらく間を置いたあと、含み笑いをして、校正と併《あわ》せて、これからいくらか書き加えたい旨《むね》のことを告げ、紙袋に入ったゲラ刷りと原稿を左脇に抱えお辞儀をすると出ていった。

老元刑事の帰ったあと、ようやく昨夜あたりから痛みの治まった右足の親指のつけ根をいたわり、ガラス戸の外を見上げた。

　雲の切れ目からわずか青空が顔をのぞかせたあと、雨雲がしだいに低く垂れ込みはじめている。

　静寂が舞い降り、ゆるやかに浮かびあがってくる遠い日の記憶が迫る。あの夜から数日後の喧嘩も、性交のとき持病の喘息《ぜんそく》が起き、力んだ母が小便を漏らしたとのことで殴られていたのだ。母の蒲団《ふとん》が数日間陰干しにされていた。夜になると父が「この《クヌ》、役立《ノーン》たず《ナラ》の《ヌ》小便たれ《ユスバルヤ》が！」と口汚く罵《ののし》る。母のすすり泣きが耳の奥から甦ってくる。父が母を殴り付ける。このままでは母が殺されてしまう、という強迫観念に囚われていたわたしはその日を境に、父を殴り付けるため樫《かし》の棒を隠し持っていた。早生まれで身体の小さなわたしにそのような計りしれない意地がそなわるのは、ハブさえ恐れない下地春一との出会いであったことは確かだった。

　その夜、いつものアカの話になった。聞き耳を立てていると、どうやら妖怪《マジムン》はちかくに住む男のことだった。それからというもの、これは何もかもアカの男のせいだと考えるようになる。またそのことと、棄てられ袋の中で泣きわめくわたしがごちゃ混ぜに頭の中で暴れ回るかとおもえば、おまけに爛《ただ》れた両脇は痒くなり、微熱で萎んだり膨れあがっていったりする身体の表面を、うろこ状の瘡蓋《かさぶた》の亀裂が稲妻みたいにはしっては爆発しそうになっていた。

母を殴りつける父にも殺意を抱いていたが、それよりもまずアカの男を殺さなければゆっくり眠れなく、死んでしまうと考えるようになっていた。そんなとき、首を咬《か》ませば確実だよ、と話していた彼の声が頭の中で響いた。子豚で試したことがあるとも言っていた。男の家からいくらも離れてない場所にある築山《つきやま》の下は濠《ごう》になっていて、これまで幾度となく見ている。あたりには青錆のついた薬莢《やっきょう》がちらばっていた。生温かな風にゆったり枝葉を揺らすエノキの大樹を見上げながら、老婆の口のようにぽっかり空いたところから入っていくと、近くに飯盒《はんごう》や水筒が転がっていた。わたしは徳用マッチを擦り、軸先の炎を頼りに奥へ進み、とぐろをまいているハブを四匹捕らえ、節《ふし》をくり抜いた竹筒に入れると、縁の下に隠していた。

夜になり、父や母が寝静まったあと這いだし、それで犯行に及んだのだった。

今でも、戸の隙間から竹筒を男の首のあたりへ差し込んだときの緊張に満ちた感触が甦る。竹筒をじっと支え持っていると、ハブになって竹筒の中を這い進み、大きく開いた口から突き出した、鋭く光る、白い牙《きば》で、男の喉元を咬み付くわたしがいた。それでいい、それでいいのだ、これで夜ごとの諍《いさか》いもなく心置きなく眠れるのだ、と自分に言い聞かせる。身体の中で火が燃えさかり、全身に漲《みなぎ》る力を感じているのに、額から脂汗《あぶらあせ》が流れはじめ、悪寒がしてきて、震えが止まらずにいた。

ところが家に帰って寝床に忍び込んでしばらくして、母がふふふと笑ったり父に身体を擦り寄ったりしている。信じられないことだった。やがて夜の静寂のなかで声を押し殺した獣《けもの》の息づかいと糸をひくかぼそい泣き叫びのような喘ぎに合わせて、ぺちゃぺちゃ規則正しい音がしてくる。おまけに振動さえする。わたしは何が起きているのか分からないまま息を殺して、闇を凝視していた。

そんなことがあって二日後、路上で隣の雌犬《めすいぬ》が獰猛《どうもう》な黒い野良犬《のらいぬ》に交尾されているのを見ていると、これまで感じたことのないものが身体の奥深いところから迸《ほとばし》りたちまち勃起した。交尾のあと引きずられる雌犬は、交尾まえに洩らしていたくすぐったい声とは違った悲鳴を上げている。そのときわたしはおぼろげに母や父のことが分かり、吐き気を覚えたのだった。

アカの男が死んでからというもの、父の母への暴力は嘘のようにおさまっていた。だが、母はしばらくのあいだ人が変わってしまったように、腑抜《ふぬ》けになっていたのを憶えている。

それにしても、彼、下地春一はなぜわたしの名前を明かさなかったのか。彼が父親を殺したことを、わたしがだれにも話さないと信じていたからなのか。竹筒のハブを替えていたとはまったく知らないことだった。音を立てずに雨戸を滑りやすくするため、敷居へ小便を掛けたとき、すでに臭っていたのが気にはなっていた。

たとえ彼の言うとおりであったとしても、アカの男を殺したのはわたしであることに違いないと思っている。

四十年間罪の意識に苛《さいな》まれていたそのことと、別のことがある。父はその後脳卒中で呆気《あっけ》なくこの世を去ったが、母は父の死から三十三年も生きた。臨終《りんじゅう》の間際《まぎわ》に何かを言いたそうにしていたが、けっきょく何も話さずあの世へと旅立ってしまった。

下地春一とはその事件のあと会ってない。彼のほうから会いに来ることもなかった。

それをわたしは、おできが四年の三学期くらいから治りはじめ五年の二学期には跡形もなくなってしまったことによるものだと思っていた。学校を休みがちの彼が施設に入れられた、という噂を一度耳にしたこともあったが、それっきり見掛けなくなっていたのだった。

老元刑事、狩俣虎夫氏の話からすれば、彼の避けた理由はわたしの考えることとは別のところにあったことが分かってくる。

彼のことを思うと、胸に刺すような痛みがはしり苦しくなってくる。

彼とはお互い内に潜む似通ったものをもっていたのに、言葉で感情を伝えるすべを知らずにいた。その後でさえときおり顔を合わせ、同じ時を重ねていれば、行状《ぎょうじょう》からは窺いしれない魂《たましい》の肌ざわりをもっともっと感じることができただろうに。彼とわたしは別の世界の人間になってしまっていた……。

寂しさが風となって心に吹き込んでくる。

あれから十二年ほどの歳月が経ち、紛争のながびく大学を中退して一時島に戻っていたわたしは、気になりながらも避けていたその事を調べた。昭和八年に起きた教師による思想事件のことで、当然のことながらアカと呼ばれていた男は関わっていた。全県下に大きな衝撃を与える、という新聞の大きな見出しが目に飛び込んでくる。さらに資料を調べていくと顔写真に出くわした。それは数年前に母の遺品から出てきた一枚の写真と重なるものだった。髪形をのぞいた顔かたちにわたしとの違いはさほど無かった。そのときわたしは改めて母のことを思い返していた。縁側でぼんやり雲を眺めていたわたしが、縫物をしている母へ「お母さん、ぼくお父さんみたいな乱暴な大人になんかならないからね」とつぶやくと、小柄だが肉づきのいい身体をよじり「お前はそんな血ではないから……」と分からない言葉で応えていた。逆光で赫くなった母のうなじの後れ毛が微風にふるえていた。母は父と一緒になってからもその男と関わっていたのか。暗澹《あんたん》とした寂寞感《せきばくかん》が波のようにうねる。これまで見えなかったものが見えはじめていた……。

その後、わたしはありふれた石垣姓から母方の姓に変えている。

いつの間にか風が吹き、降りだした小雨がガラス戸を打ちつけはじめる。ガラスについた雨粒はたがいにくっつき合っては膨《ふく》らみ、条《すじ》になっていく。一つの条が消えると次の条が現れ、やがて長い条になり、くねりながら這いつたい、となりの条をだきこみ早い速度で滑り落ちていく。

わたしは不自然に立ち尽くし、滴《しずく》が縞模様を描くガラス戸に映る自分の顔を見つめたまま、無意識のうち黒子《ほくろ》のあとをなぞっていた。

# 鱗《りん》啾《しゅう》

わたしの仕事場へときおり訪れる先輩に誘われ、居酒屋でビールを軽く飲んだ後、さらにスナックのカウンターで移民のため八重山に入って来た人たちの話をしながら泡盛を飲み出す。

二回りちかくも年齢《とし》の違う先輩は口が悪く、おまけに耳障りなくらい高い声がキンキン響く。ママとの会話からして公務員時代から利用している様子だった。

ガチュンの塩煮《マースニー》がでてくる。

定規で測ったように同じ長さのガチュンだ。

ガチュンとは、めあじのことで、酒の肴《さかな》としても最高だ。「ガチュン買《こう》い召《み》そうれ〜」糸満集落、東地区《アガリグヤ》から朝早く売りにきたオバさんの声が耳の奥からよみがえる。子どものころからガチュンは庶民の味だった。

カウンター端にいる漁師《ウミンチュ》がとってきた旬《しゅん》のものを冷凍してあるから、何時《いつ》来ても食べられるとママは話す。スプリングシャツを着た漁師《ウミンチュ》も酔うとうるさい。これは潜《もぐ》りで鼓膜がやられ、耳が遠くなっているから仕方ない。そんなことでわたしも声を張り上げていた。しばらくすると西表島からの本土の人が入ってきた。小太りでとろんとした男、包帯している左腕を首からつり下げている。顔見知りなのだろうか、先輩は、どうしたのかと声を掛ける。

ハブにやられたといい、腫《は》れ上がった腕をさする。

これを見ていた先輩が、

「狂《フ》リムン！　何でお前はあんなハブに咬《か》まれるか、ぼんやりしているからさァ」

声高に叫んだので、男はとたん目つきが変わり、

「こんな物の言い方があるか！」突っかかるも先輩は、狂《フ》リムンを連発する。

とうとう表に出ろということに。

取っ組み合いの喧嘩になってもおかしくない雲行きだ。

わたしからすればこれくらいの内地人《ナイチャー》を恐れるものではないが、仲裁に入るのは嫌だった。だといって七十ちかくの人をおいて逃げられるはずもない。

覚悟を決めるしかなかった。

先輩はなおも息巻いている。

立ち上がって一緒に出ようとすると、

「君は来なくてもいい、ここでそのまま座っておれ」と制し、豪傑笑いをする。加勢されては男が廃《すた》るとでも考えているのか知らないが、どう見ても先輩の敵《かな》う相手ではない。しかし、他の人より身が軽いから空手の心得があるのではと考える。だとすれば、相手の男は横腹や鳩尾《みぞおち》など急所をやられ西表へ帰るのがさらに遅れることになる。民宿代だってバカにはならないだろう。急いでカウンターを離れるとドアのノブを力を込めて引いた。

とたん、信じられない光景を目の当たりにして、そっとカウンターに戻った。

しばらくして二人は戻って来た。

男は怒りのおさまらない顔でトイレへいく。

先輩は再び何だかんだと言い始める。

トイレの辺りを見ながら気が気ではない。ママを呼びつけ金を払い、先輩を無理やり抱きかかえて立たせると、店を後にした。道すがら先輩は口ほどにもない奴、などと大口を叩く。ドアを開けたとき、わたしはこれまで聞いたこともないほどの猫なで声で、先輩が包帯の腕をさすっては、ペコペコ何度も頭を下げて謝ったり、相手をなだめすかしているのを見たのだった。

歓楽街ビルの谷間からの、冴《さ》え冴《ざ》えとしたガチュン色の細い月を眺めながら、ああいうやりかたで政争の激しかった琉球政府時代から公務員生活を渡り歩いてきたのだと思い、溜め息をついたものだった。

懐かしい先輩も、十五年前に亡くなり、戦後生まれで団塊の世代であるわたしでさえ六十六歳になっている。


太り気味になってきた身体《からだ》をソファに沈めるとタバコに手を伸ばす。このところ吸い出したかなり強いものを咥《くわ》えつつ物思いに耽《ふけ》る。

わたしの住んでいた農村地区の大川村から遙《はる》か東方、登野城村の果て糸満集落ユウナ森近くに在《あ》った茅葺《かやぶ》きの家にひよろっとした少年がいた。

或《あ》る日、母と潮の引いた岩礁でアオサを採《と》っての帰り、偶然なことに、少年がハブを捕《と》っているのを見る。

そのことは腕力では同い年の誰にも負けないと自負していたわたしを虜《とりこ》にした。うすく目を閉じ微かに鼻を鳴らしたあとハブを見つけると、いとも容易《たやす》く首根っこを掴《つか》み、肥料袋につぎつぎ入れる。彼奴《あいつ》に出来て自分に出来ないわけがない……その日から春夫という少年の一挙手一投足を注意深く見て覚える。そのうち捕れるようになる。これが嬉しくてユウナ森まで足繁く通い、せいろんべんけい《チョーチンナーパナ》の咲く古墓や奥の浅い洞窟《ガマ》の点在する野山などで春夫とハブ捕りを重ねる。

ちょうどそのころ、酒造所がハブ酒にするためハブを買い始めたので、そこへ持って行き、三合ビンの泡盛数本と交換して父にあげたりする。

母には内緒にした。

その日も数匹のハブを持ち帰ったものの、両親は慶事で留守だった。壁に袋を引っかけている、そのとき、ブレーキの音がしてクラスの友だちが来たので、自転車の後ろに跳び乗って遊びに行く。

ハブのことはすっかり忘れていた。

暗くなって帰ると、母にこっぴどく叱られる。

袋のハブがもぞもぞするから、隣の猫が見上げたり、袋めがけて飛び掛かったのか、不思議に思った母が袋を開けたとたん、驚きのあまり息の根も止まる心持ちだったという。

こんなことなどもあったが、わたしはハブ捕りにはまってしまい、春夫のいる糸満集落近くへ行ったりしていた。酒造所ではハブ酒造《ざけ》り行程中の、生気の無くなったたくさんのハブが五寸に足らないくらい水の入ったドラム缶の中にいて、覗《のぞ》くと、いっせいに鎌首《かまくび》をもたげはしたものの弱々しい眼光を放っていたのが印象的だった。

それと、春夫という少年が浮かんでくる度に、茅葺《ガヤャー》き家のことがよみがえってくる。最近では街中にスズメを見かけなくなったものの、あのころ各村に数ヵ所あった精米所の近くで飛び回って茅葺き家で巣作りをしていたから、軒先《のきさき》には巣穴があちこちにあった。

わたしの家と春夫の家は同じ茅葺きだった。

このこともあって春夫には何となく親しみを感じていた。

我が家は、わたしが小学四年のとき、茅の総葺き替えをやっていたから作業のことを覚えている。

門近く、石垣の側には、刈り取ってきた茅の束がうずたかく積まれた。蒸し暑い夜など、ふかふかする茅の上で寝転んでいた。

小学二年にこんなことがあった。

ママゴト遊びをしているとき、福木の落ち葉の間から小さなハブが這いだす。普段なら逃げ出すところ女の子の手前もあって格好をつけ、生け捕《ど》りにしてやろうと箒《ほうき》の柄先《えさき》で押さえたものの、一人として加わってこない。背を押さえつけられたハブはしきりと身をくねらせる。そのうち手先の力がゆるんだのか、するすると石垣の隙間へ頭から突っ込む。大慌てで尻尾《しっぽ》を掴《つか》み綱引きのように両手で力任せに引っ張ると、ずるりと皮が剥《む》けひっくり返った。それでも諦《あきら》めずに代わる代わる隙間を覗《のぞ》いては木切れを押し込んだり、火力のある福木の枯れ葉で燻《いぶ》したりしてみたが、とうとう姿を現さなかった。手持ちぶさたになったわたしはハブの生皮《なまかわ》を人差し指に嵌《は》めて女の子たちに向け、お辞儀をするように動かしたりしてはしゃいでいた。

そのころ我が家にお茶を飲みに来ては世間話をする父方の親戚であるカンプーを結《ゆ》っ

た琉装の婆さんがいて、入るとき門の辺りで決まったように着物の後ろ裾《すそ》をひょいとからげ、石垣に向かってぶつぶつ言いながらたっぷり小便をしていたが、ハブが這いでてきそうな妙な感じで、女陰《ピィ》がわさわさすると話していた。

いよいよ茅葺きの日になる。

日曜日の朝だった。

結い回り《ユイマール》のおじさんたちがぞくぞく我が家に集まる。

これまでの古い茅を取り除きつつ、新しい茅を垂木《たるき》の上のえつり竹《ユツルダキ》へ等間隔に横へ載《の》せていく。

それに縄を通したイーグン（銛《もり》）みたいなキーブク（木の鉾《ほこ》）でもって下から合図を投げかけブスッと突く。それを上で受け取って、足で踏みしめた茅を垂木に括《くく》り付ける。

昔は木鉾でやっていたらしいが、わたしの家のときは鍛冶屋《カンジャーヤー》でこさえた金鉾《かなぼこ》になっていた。〝一寸上げて下さい〟〝三寸下げて下さい〟方言の掛け声が耳の奥から甦《よみがえ》ってくる。だいたい若い人が屋根に上がっていて、下の人がタイミング良くやってくれないと例え先輩でも怒鳴り散らした。

それから屋根の頂《いただ》きに丁髷《ちょんまげ》のようなものがあり、これは太く束ねた茅にスダレ状に編んだ竹を被せ、両方から弾力性のあるダスケーという木《ジーファー》でかんざしみたいに貫《ぬ》く。そのときの竹を編むのは丈夫なくろつぐ《マーニ》からの黒縄《フガラズナ》を使う。

最後の仕上げは軒先のアマダル切り《キス》。これは一番婿《イチバンムーク》の仕事だといっていた。充分に研《と》いだ鎌《かま》でやるけど、たちまち切れなくなり井戸端の砥石《といし》で研《と》いでは切り、研《と》いでは切るのをくり返す。楽なようでいて首を上げた姿勢でやるから大変な仕事だと話していた。

夕方、やっとのこと見栄え良くなって完成。

茅葺きの家の軒先にはやがてスズメが巣をつくるようになる。

春夫と出会って二年くらい経《た》ち、六年生のとき長兄が南方のカツオ漁から一時帰省していた夏のこと。

豚小屋あたりからハブが出たということで騒いでいる。

まれに見る大きなものだった。

子どもや大人たちをかき分け、サッと首根っこを掴《つか》んだところ、たちまち腕に絡みつき、強い力でじわりじわり締め上げてくる。左手で払っても払ってもすぐもとどおりになる。これがかなりの重さ。ぎらぎらした太陽の下、腕は痺《しび》れてくる。かといって、挟《はさ》んだ右手の指をゆるめるわけにいかない。指先に力を込める。汗はポトポト落ちてくる。

「はがやァ、早く殺せ！」

周りの人たちが喚《わめ》く。

(何をいう、それどころではない)

血管がさかんに脈打つ。頭皮から吹き出した汗は首筋を這い、胸の谷間へながれ臍《へそ》のくぼみに溜《た》まる。こめかみがズキズキする。取り返しのつかないことになった……生唾《なまつば》を飲み込み、途方に暮れていると、裏座で昼寝をしていた裸の兄が素足のまま駆けつけ、食い込んだ尻尾《しっぽ》の先から順に引き離し、やっとのことで助けてくれた。

以後、ハブを捕らえることは無かった。

あれから五十年余の歳月が流れている。

こんな経験があってのことだろうか。

あの、糸満集落近くの少年、春夫のことが気になっていた或《あ》る日、〝これまでハブのいないN島でハブが捕獲される〟という県紙の記事が目にとまる。

N島でハブが捕獲されるのは初めて。この、サキシマハブは雄《おす》で体長四十四センチ、体重十六グラム。生後半年から一年半の幼齢という。

四月十五日正午ごろ、H港第一埠頭《ふとう》に面する公園、北端のベンチで昼食をとっていた男性が発見。恐れを知らないこの男、素手《すで》で捕獲するやいなや、生きたままペットボトルに入れる。ハブは友人を通じその日のうちにN島保健所に届けられ、さらに、冷凍して南城市にある衛生環境研究所に送られると、間違いなくサキシマハブと確認された。

そのため、N島保健所は念のため本島から治療用のハブ抗毒素を取り寄せN島病院に備えさせ、N島署にも速《すみ》やかに捕獲道具を取り揃えるよう依頼。鑑定を頼まれた衛生環境研究所の主任研究員は驚きを隠しきれない。というのは、南西諸島は先史時代に隆起沈降や分離結合を繰り返したことからハブの分布する島と、そうでない島とがあって、N島は八重山諸島の与那国や波照間島などとともに棲息していない。ハブがいるのは二つの島を除いた八重山諸島と、沖縄本島とされていた。

これは昨年、四月二十日に記事として載《の》っていたものだが、そのなかで、八十五歳でまだご健在の吉浜朝栄さんは、「もともと生息していたとは考えられない。農産物や建築資材に紛れたり、ペットやハブ酒の材料として持ち込まれたりしたのではないか」と推測している。公害衛生研究所で所長をしておられた吉浜さんのコメントのなかで、わたしがひときわ注目したのが〝ハブ酒《ざけ》〟の材料として持ち込まれたのではないかというものだった。

今年の四月二十日のことになるが、〝〈ハブが丸のみ　クイナ？　4羽〉名護の真栄田さん捕獲〟という白抜きの見出しで、写真入りの記事が。

〈名護市三原の真栄田安照さん（55）が25日、国頭村安田で捕まえたハブを、ハブ酒にしようとおなかを開いたところ、中からヤンバルクイナとみられる幼鳥4羽が見つかった。真栄田さんは「25年ほど ハブを捕ってきて、おなかから出てきたのは初めて」と驚いた。

ハブの体長は約2メートル。同日午前1時ごろに捕獲した。幼鳥の体長は10～20センチほど。

真栄田さんによると、ハブは1週間ほどで食べたものを消化するという。幼鳥は毛や姿がまだ残っていたことから食べて3日以内と推測している。

真栄田さんは5年ほど前にヤンバルクイナの成鳥をのみ込んでいる最中のハブに遭遇し捕獲している。「ハブがクイナを食べているのを見たのは今回で2度目。見つけられるのはとても珍しいはず」と話した。

捕獲したハブはハブ酒に、幼鳥は環境省の職員に提供する〉とあった。

国頭村《ヤンバル》に住む真栄田さんはハブ捕りを専門にしている方。昨年の五月には体長84センチ、重さ970グラム、胴回り15センチという大物の雌《めす》ヒメハブを。この、ずんどうのハブは、儀間比呂志《ぎまひろし》の版画にあらわれる沖縄のオバァみたいなものだった。そのときも、ヒメハブは珍しいのでハブ酒《ざけ》にする、と話していた。

ところで、N島でのサキシマハブだが、今では充分に棲息可能だと考える。もっともハブのいる島から土砂を運んで住処《すみか》を造ったりすれば難しいことではない。そういうことからN島の何処《どこ》かで、ハブ酒《ざけ》はN島にこそ似合っていると将来に向け石垣島からのハブが秘密裏に運ばれ飼育されてはいないか。

そうだとしたら、もしかして、彼が加わってはいないだろうか……。

あらぬ憂慮《ゆうりょ》をする。

ハブのことでわたしに考えられるのは、あの糸満集落近くの春夫しかいなかった。

ハブの猛毒は血清の普及した現在であっても、まだまだ安心できるものではない。今年の四月十一日に〝奄美でハブにかまれ死亡〟という驚かされる記事が載《の》っていたくらい。

四月十日午前九時ごろ、鹿児島県瀬戸内町で同町のアルバイト定原康成（51歳）がハブに右手の甲をかまれ、約三時間半後に死亡した。現場は奄美群島の加計呂麻島。保健所によれば、奄美でのハブ咬症《こうしょう》における死亡事故は二〇〇四年七月以来とのこと。県警などによると、定原さんは町から請け負った草刈りの作業中だったという。

こんなことで日が経《た》つにつれ、忘れかけていた少年――わたしの目の前でハブの首根っこを犬歯で噛んだあと、生皮《なまかわ》を剥《は》いで笑っていた少年――小学生のあの日に出合った一つ年下の、ひよろっとした春夫のことが点滅する明かりのごとく、思い出されてくるのだった。

小学五年の、夏休みのことだった。

彼の家は糸満集落東の海岸端でユウナとアダン葉の茂っているところだった。茅葺きの家で新しかった。茅葺きといっても掘っ立て小屋《アナブリヤー》の簡単なものだったからわたしの家のように軒先の茅の厚みはなかった。これだとスズメは巣を作れない。家の中を覗《のぞ》くと、貧しい暮らしであることが一目で分かった。母親が日雇い《ピーヨー》労務で食いつないでいるとのことだった。

そのころのわたしは日がな春夫とハブ捕りに明け暮れていた。

ハブ捕りは危険を伴う緊張感があるから飽きることはなかった。

ときたま捕まえたヘビはぬらぬらするのにハブにはそれがなく、かえってかさかさするのが妙な感じだった。春夫はハブを塵捨て場から拾い集めた板切れと金網でこさえた幾つかの箱に入れていた。

「街に行かないからハブにやる餌《えさ》のネズミがなぁ。それでもハブは死なないけど……」

ときおり溜息をつきながら話すのだった。

訊《き》くと、春夫の捕ったハブを近所の大人が安くで買い上げ、酒造所に売りに行くのだという。わたしも同じ酒造所に引き取ってもらっていたが、物が物だけについでに持って行ってやる訳にもいかなかった。

そのような負い目からか、或る日、友だちから借りた自転車に乗せ、街やわたしの家へ連れて来て遊んだ。ところが、近所の友だちは春夫を一目見るなり、顔を顰《しか》めて立ち去った。異臭と手の甲や腕の鱗《うろこ》みたいな疣《フツベー》が原因だった。わたしは慣れていたのか。そう、わたしからすればハブを素手で捕まえたり匂いで棲息場所が分かるという、特殊な能力ともいうべきものからくる春夫への興味がそれらを超えて結び付けさせていたのかも知れなかった。

あの日は、春夫の家を周りのユウナの木が海からの風に葉裏をみせつつたくさんの黄色い花が雲一つない青空に映えていた。

ユウナの茂みをくぐるようにして、庭から家の中を覗《のぞ》いたものの春夫が居ないので、裏の床下に置いてある木箱でとぐろを巻いているハブを見る。いくぶん首を持ち上げた一匹の口からのびた舌先がさらに二つに別れてちらちらする。思わず身震いする。わたしは春夫から掴み方のコツを習得していたのに、腕に絡まれたことから臆病になっていた。じっと見つめ返しても瞬《まばた》きしない眼に睨《にら》まれるとたちまち怖じ気づくのだった。

その時、鋭い怒気を含んだ声が海からの風に運ばれてくる。喧嘩が起きている。立ち上がると浜辺へと向かう。細い道のアダン葉をかき分ける。叱声がして、春夫を代わる代わる殴りつけている七、八人の子どもたちがいる。

砂浜に足を取られながら駆けて行き、そのうちの一人の襟首を掴むと、引きずり放り投げた。

「お前ら恥ずかしくないのか、こんなに大勢で」

わたしの声に仲間たちはにじり寄る。

「大勢? 何言う! 此奴《こいつ》、俺らを〝殺してやる〟と叫んでいるんだぞ! お前は大川からの者だから関係ない。おまけに此奴は元々こっちの人間ではない! 引っ込んでいろ!」

「けど、ぼくの友だちだ。まず理由《わけ》を話してくれ」

「理由《わけ》？　こんなこと、お前に話す必要も無いが、強いてと言えば話さないでもない。ここに居るみんなの家からネズミを盗《と》ったんだ。それも三十匹もだぞ」

「ネズミ？」

「ああ……」

それで意味が飲み込めた。

余りにも増え始めたネズミの被害対策として、ネズミの尻尾《しっぽ》を買い上げていたのだ。我が家でも台所の竈《かまど》辺りにネズミ捕り器を仕掛けてから就眠していた。ネズミ捕り器に首を挟まれ死んでいるのを引き離し、鉈《なた》で切断した尻尾をハリガネで括《くく》って壁際に吊したあと、ネズミそのものは豚小屋近くに生えている芭蕉の根元に埋めるのがわたしの朝の日課になっていた。

「此奴《こいつ》は尻尾の付いたネズミをみんなの家から盗《と》っていったんだ。だからこうして懲《こ》らしめているところだ。おまけにこんなにやせっぽちな身体《からだ》をしているくせして俺たちをいつか〝一人残らず殺してやる〟とほざいていたんだぞ」

こうなっては何を言っても無駄だった。

見回すと、わたしより年上の中学生も二、三人いる。何とかならないものかと機転を効かせ、一つの提案をする。角力《すもう》だった。全員と角力をとって勝てば春夫を許してもらえないか、というものだった。彼らはせせら笑っていたものの、条件をのんだ。あとは、わたしの独壇場だった。挑みかかってくる者たちを次々、それもサンゴの欠片《かけら》のある熱い砂に顔や頭から叩き付ける。気を失う者さえでる始末。いよいよ最後の一人二人となって、顔を真っ赤に仁王立ちになったわたしが荒武者の如く、全身からの息を吐くと、恐れをなし、たちまち逃げていった。

わたしは無言のまま、右腕のいくぶん腫《は》れた春夫と波打ち際に散らばった口から血を滲ませているネズミを麻袋《カシガー》に入れながら、区長さんが今日も尻尾《しっぽ》を買取りに来なかった……それにしても我が家は猫もいないのにネズミが少なくなったのはどうしてかねぇ、とぼやいていた母を思い出した。炊事屋《トーラ》の壁にはハリガネに吊るされたたくさん尻尾《しっぽ》が風にゆれていた。

わたしはアダン葉の棘《とげ》で傷ついた両腕を見つつ、縁の下や薄暗い裏座やユウナの木陰でハブに餌《えさ》を与えている春夫を想像しないではおれなかった。父と畑へ行ったときサトウキビ畑でネズミが呑《の》まれるのを見たことがあった。ハブに睨《にら》まれたあと、呆気なく呑《の》み込まれていく。後ろ脚《あし》がハブの口もとでばたつく。気色悪くなって靴のつま先で土塊《つちくれ》を蹴《け》り後ずさりしているうち尻餅をつく。ときおり吹き寄せる風の葉擦れに皮膚は粟立つ。やすみなく移動させられ、口の中から垂《た》れる尻尾《しっぽ》がたまにうごく。喉元《のどもと》にくびれのなくなったハブ。こんなときは咬《か》まれる恐れは無いから瞬きしない眼さえ怖くはない。間近でハブをじっくり視た。いつもは三角の頭からしぼるようにほそくしなやかにのびたところでくねってするするうごくものが、どうだ。顎《あご》から喉《のど》にかけるこの間抜けな格好はどうしたことだ。

猛毒を持つがゆえに、畏敬の念を抱《いだ》かせる強靭《きょうじん》なハブの美しさなど微塵も感じられないものだった。

今ごろ、春夫のすべてのハブが無様《ぶざま》なからだで横たわっているに違いない。

数日間そんなことばかりを考えていた。

そのことを想像するだけで落胆と陰惨《いんさん》のないまぜになった状態に陥《おちい》るとともに、ハブのことしか頭に無い春夫からいっときでも解放してやりたい気分も手伝ってか、わたしは四ヶ字の豊年祭に春夫を誘った。

自転車は映画館の前にたむろっていて、慌てて鍵を掛けずに入っていく人のものから盗《と》ったのだった。

真乙姥御嶽《マイツバーオン》へと向かう旗頭隊からの、涼やかな鉦鼓《ションク》の音、勇ましい掛け声に、どんどんどん、どんどんどどどん、どんどんどん、と鳴り渡る太鼓のとどろきに炸裂する銅鑼《ドウラン》の響きが押し寄せてくる。腰をため、細い黒縄に巻かれ天まで伸びる大竹の上の旗頭《カシラー》を見つめながらバランスを取っては上下に持ち上げ歩き進む。傾きそうになると支柱上部からの二本のつなや支え棒で助ける若者たち。風になびく五風十雨《ごふうじゅうう》の旗文字。雉子に牡丹。松竹梅。光り頭。田頭、矢頭など各字《かくあざ》の旗頭が真乙姥御嶽《マイツバーオン》に揃い立つ。鳥居に掛かった大きなしめ縄の下で、叔母さんたちの巻踊りの乱舞《ガーリ》。それらを眺め水飴やアイスボンボン、アイスキャンディーなどを買って食べる。春夫はこんな人混みは初めてだと目をきょろきょろさせ落ち着かない。日が陰り、大綱引きのころから感情が昂《たか》ぶりだす。一番の見世物である戸板に担ぎ上げられた東西の、長刀《なぎなた》と二つの鎌《かま》をカシャカシャ打ち鳴らす武者たちの飛び跳ねては睨《にら》み合い首をクックと動かす勇壮な闘いになると、春夫は完全に興奮の状態だった。松明《たいまつ》の火が際立ち、長い大綱から人びとが離れていっても春夫は綱の上を飛び回ったりして西の空に輝きはじめた一番星を見上げていた。

一昨年、中学を卒業して本土就職へと発《た》った近所の兄さんから三つのメジロ籠を譲り受けていた。そのうちの一つは落とし籠だった。

メジロの好きなミカンを輪切りにして籠の上部に入れ、桑の木に竿《さお》で吊り上げ学校へ行く。帰って来るとだいたい落ちていた。小雨の日には面白いくらいよく捕れ、籠の上げ下ろしで忙しかった。これらを別のメジロ籠に移し入れ、軒下に吊して飼っていたが、どれも小さな囀《さえず》りのものばかりだった。でも、近所の叔母さんのものみたいな高鳴《タカビキ》きが捕れる日を夢見ていた。

ところが、いつも一週間くらいすると、まるく毛膨れして、震えだし、止まり木を慌ただしく飛び回って数日後には死んだ。何度くり返しても同じだった。教えられた通りに大切に飼っていたのに考えられないことだった。

思い出すだけで、気落ちしながら空《から》のメジロ籠を眺め横たわっていると門の辺りで春夫が突っ立っている。

「あい、春夫！」

飛び起きると、わたしは春夫を手招きした。

それでもじっとしたままの春夫の手を引いて来て座らせる。わたしは吊る下げ籠《サギドウル》から砂糖てんぷらを取ってきて春夫と食べる。春夫が美味しそうに食べるので、わたしの食べかけのものを差し出すと、ニッと笑って素早く受け取り、急いで食べる。と、春夫が俯《うつむ》き加減で庭に向かって歩き出すと、薄く目を閉じ鼻を微かに鳴らし首を傾げる。

わたしは初めて春夫と遇《あ》った日のことを思い出し笑った。

「春夫、ここは君の家の辺りとは違ってハブが出るのは滅多にないよ」

とたん、春夫が違った目つきになる。わたしの言葉が気に触ったのかも知れなかったので話題を変える。

「近くに、ぼくの家より倍もある家で面白いことがあるから、そこへ行こう」と誘った。

春夫の肩を叩き、二つのメジロ籠を下げて歩く。そこはわたしの家から西へ五十メートル行って十字を右へ折れ四十メートルのところにあった。大きな家が四つも建つくらい広い屋敷の篤農家だった。石垣の内側を分厚い濃緑葉の福木が家を台風から守っている。井戸の西の畑には大根の花が咲いている。最近、叔母さんが豆腐《とうふ》を造り始め、朝早くから我が家にも売りに来ているから怒られることは無い。わたしは軒先を指すと、屈んで春夫に向かい自分の肩を叩いた。はじめ、不可解な表情をしていた春夫はやっと意味が飲み込めたらしかった。

春夫を肩車にすると、穴の空《あ》いているところを覗き見るよう促し、横へ移動しているうち春夫の合図でわたしは首ごと屈むと春夫を下ろす。春夫の手のひらには口許が黄色で幾分毛の生えた二匹の雛《ひな》がいた。

春夫の手のひらの雛をメジロ籠に入れるよう指図する。

言われた通りにしながらわたしに向かって目を輝かせる。

「上手いぞ春夫。毛の無いつるつるは親鳥にしか育てられないからよく見て捕れよ」

話しかけると、再び雛《ひな》を掴み出す。しばらくすると近くの福木から虫を咥《くわ》えた親鳥が春夫の頭の周りを騒ぎ立てるので切り上げることにして春夫を下ろした。

わたしは茅を抜き取りメジロ籠に敷くと、
「明日から虫を与えて育てろ。お前が親代わりだぞぉ」
二十四くらい窮屈なほど詰め込んだ二つのメジロ籠を渡した。メジロ籠の口のぱくぱくした雛とわたしを交互に見ながら満面に喜色を浮かべる春夫を、下り坂の途中まで送った。

わたしは数日の間、春夫がユウナの葉裏や草むらから虫を探し歩いているのを思い描いて居ても立ってもおれなかった。すぐにでも自転車で様子を見に行きたい気持ちに駆られたが叶《かな》わなかった。

というのも、わたしが春夫を家に連れてきたとき近所の友だちが親たちに話したのか、わたしの腕を見た雛《ひな》の家のおじさんに「疣《フツベー》をそのままにしたらいけない。おじさんが治療のやり方を教えてあげるから、お前も煙草の葉の虫取りに加われ。お前の疣《フツベー》はまだできたてで汗疹《あせも》みたいだからすぐ治る」と言われたのだった。そのとき断ろうとしたものの春夫のことが頭を掠めた。春夫と角力《すもう》をとっていて春夫の腕や手の甲に盛んに触れていたのがいけなかったのかも知れない。

おじさんの言葉を、初めのうち信じようとしなかったが、春夫の疣《フツベー》のこともあって従うことに。これが信じられないくらい簡単なもの。輪切りにした茄子《なすび》を患部に擦りつけたあと便所に投げ入れ、「どうか治りますように」神様にお祈りする、というものだった。馬鹿馬鹿しかったがやってみることにして一週間続けた。ところが意外なことに治ったのだった。これを春夫に教えようと思っていたのに、ハブの話題に夢中で言い忘れ、次に会ったときにはと思いつつ、また何かがあって忘れるのだった。

雛のときもそうだった。

虫の量は、二合ビンの一杯分だった。

当日、近所の友だち五、六人がおじさんの庭に集まり、馬車で畑に向かった。小さな草ゼミが盛んに鳴いている道を馬車に揺られて畑に着く。何十列と植え付けられた大葉の数ヵ所の列を受け持ち、端から歩きながら虫をつまんでビンの中へ入れる。一本に数十枚もある葉裏を確かめ、小さいものから小鳥のついばむ四センチ未満の虫をつまみ捕る。簡単にはいかない。午前中でもビンの半分くらい。これはおじさんに一杯食わされたと後悔しても疣《フツベー》の恩義もあり懸命に捕ったが割に合わない仕事だった。おまけに煙草の葉にはこまかい尖った毛が密生しているから身体《からだ》が痒くてたまらない。他の友だちは虫一匹一円のアルバイトだった。そんなことで、四週くらい日曜日を麦わら帽子を被って水を飲んでは休みつつ虫取りに煩《わずら》わされたのだった。

春夫のことが気になりながら家の周りを歩いていた。

我が家にもとうとうスズメが巣を作り始めている。でも豚小屋のある裏だけなのが不可解だったものの、そのうち表にも作るようになり、明け方、元気な囀《さえず》りが聞こえるに違いないと思った。

自転車に跨《また》がり、門から通りに出ると、坂道を下り、幾つ目かの十字路を左の方角へとペダルを漕《こ》ぎ、店並や警察署、郵便局、消防署、地方庁、市役所、裁判所、天川御嶽《アーマオン》と次々に通り過ぎて行く。木陰の涼み台では、胸の辺りへ両手を持ってきては指を動かし猥談《わいだん》に耽《ふけ》る赤毛の漁師《ウミンチュ》たちがたむろっているのを傍目《はため》で見ながら家並みを走らせる。やがてこんもりとしたユウナの茂みが目に映りだす。ヘッド・ライトに紐《ひも》で吊したビンがせわしく音を立てる。昨日の虫をおじさんに見せた後に貰い受けたのだった。生気の無いものもいるが、まだ元気なのもいる。雛《ひな》はすでに成鳥になっているだろうが、虫はなによりの好物だ。春夫を喜ばせたかった。春夫の家の近くでサドルを立てる。春夫を驚かせようと名前を呼ばず、ユウナの青黒い葉の下をくぐって歩く。

家の奥まで陽が射しこんでいる。

わたしは裏へ回った。

忍び足で床下を見たが、箱は一つも無い。

人の気配はするので、節穴から中を覗く。一本のロウソクが灯っている。初めは暗くて見えなかったものの慣れてくる。箱に座った春夫の腕に絡みつきくねるものがある。息を呑む。ハブが春夫の腕の疣《フツベー》にからだを擦《こす》りつけている。春夫はされるがままにハブを眺めている。ハブは鱗《うろこ》のかさかさと春夫の疣《フツベー》の乾いたかさかさが擦《す》れ合うのが心地よいのかさかんに身をくねらせる。炎のゆらめきに眼が光る。ハブが楽しんでいる。春夫もハブと一体になって陶酔の境地にいる。口の中はからからだが、唾《つば》を飲み込み音を立てるのをひかえた。こんなにも長い時間……ハブが毒牙を立てたらどうするというのだ。心臓は早鐘を打つ。ふたたび炎がゆらめくと、春夫は薄く閉じた目を開け、メジロ籠より格段大きなほそながい箱から羽根の生えそろったスズメを取り出す。ハブは大きな口をあけて呑《の》み始める。他のスズメは恐怖の余り籠の中でいっせいに羽根ばたく。飛び散った羽毛が辺りに舞い上がる。ハブは羽音や喚《わめ》きなど意に介せず、ひたすら鱗を波立たせてしずかに呑み込んでいく。そのとき、ビンが手からすべり落ち、割れる音が辺りに響いた。

「春夫…止め、ろ…」

渇いた喉《のど》から声を搾《しぼ》り出すのが精一杯だった。

部屋の中から春夫の声はなく、ときおり羽ばたきだけが聞こえ、足下にたくさんの虫が這い出しはじめた。

春夫の所へ行かなくなって数ヵ月が瞬く間に過ぎ去った。

その間に、信じられないことが立て続けに起きた。

初めに父が、間もなくして母が死んだのだ。

父のときは、夜中に小便に行くと言い、普段なら庭先で済ませるものを便所へと向かった。途中、「何か頭の後ろに当たったかなぁ」と呟《つぶ》き歩いていた。ところが戻って、たちまち頭が焼けるみたいだと悲鳴を上げ、嘔吐《おうと》をくり返す。母が急いで病院へ行き、往診を頼んで帰ると、頭が冬瓜《スブィ》みたいに膨《ふく》れていて、しばらくして事切れた。驚くほど紫色に浮腫《むく》んだ顔は他人には見せられない形相だった。医者はハブに咬《か》まれたときのようだと診察の結果を伝えたものの、首を傾げては考えられないことだと不可解な顔をしていた。

四十九日が済まないうちに、今度は母が死んだ。これも父と似たかたちだった。わたしの腕を掴んだ母が「焼け火箸《ひばし》が首に突き刺さったようだ」と泣き叫び、見る間に顎と首が異常に腫《は》れ上がる。左首の頸動脈《けいどうみゃく》に歯形の跡が見つかったことからハブによる咬《こう》症《しょう》に間違いないと医者は話した。だが、偶然とはいえ父とほぼ同時刻にこんな事が起きたことに誰一人として納得できる答えを出せるものはいなかった。しばらくはカツオ漁に出かけていた兄が家に居たものの、生活のための金は送金するということで島を離れた。

わたしはまったくの独りぼっちになっていた。

そのころ、或《あ》る噂《うわさ》が立った。

夜遅く、薄汚れた見かけない少年がわたしの家の辺りを歩き回っているというのだ。春夫のことはだいたいは知っているものの、とても春夫のしでかしたこととは思えなかった。第一、春夫がわたしの父や母に怨恨《えんこん》を抱くことはあり得なかった。けれど春夫の家でのことがよみがえってくる度に、疑いだすようになって、或る事と結びつけていた。

或る事とは、春夫の両親はN島から裏地区のY集落へ移民で入植していた。N島にハブはいない。初めてのサトウキビ収穫で、喜びの余り、仲間たちと大酒を飲んで帰った父親が、家でさらに飲んでいるときソテツの根元から小さなハブが這い出したので、馬鹿にして掴んだところ手首を咬《か》まれたらしかった。ところがそのまま酒を飲み続けていて明け方に死んだという話しをしていたことがあった。そのせいか機会あるごとに、八重山の、この島のハブに恨《うら》みがある。いつか〝みな殺しにしてやる〟とも言っていた。こんなこともあった。春夫のノートに、ハブがとぐろを巻く暗い森の風景画に混じり、わたしと両親が描《か》かれていて、父や母の胸に〝死〟を意味する×印がめり込むくらい赤のボールペン跡《あと》があった。それに、ハブの生皮《なまかわ》をシャーと剥《は》いで放り投げ、のたうちまわるのを見詰め薄笑いしていたあの日の表情さえよみがえってくる。そんなことから日が経《た》つにつれ、これまでのいろんなことを併《あわ》せ考えてみて春夫しかいない、と自分に言い聞かせるようになっていった。

　終いには春夫が殺《や》ったのだと断定するのだった。


　そうこうしている間にも新たな噂が。

わたしが両親を殺したに違いないというものだった。

噂の出所《でどころ》は親戚の婆さんだった。

ときおり、我が家を訪れるカンプーを結《ゆ》った琉装の婆さんのことだ。

話しによると、母の浮気で生まれた子がわたしで、相手は沖縄本島からの芝居役者《シバイシー》だった。これは年齢《とし》の離れた兄からそれとなく聞かされていた。そのことで父と母の諍《いさか》いがあったのも事実。母が酔った父に幾度となく殴られているのを見ているうち殺意を抱くようになった、というもっともらしい推測だった。そこまでは、中学生のわたしでもたわいの無い話しだと相手にしなかったはずだが、次のことで窮地に陥《おちい》っていくのを予感した。

春夫がハブと戯れているのを見た日から、わたしも何とかハブを自分に慣れさせたいものだと考え始めた。危険なことだから諦めはしたものの、このままでは春夫との距離がとおくなっていく感じがして、気分だけでもと、バンナー岳ちかく石底山《イシスクヤマ》に棲みついているアオダイショウを捜し歩いていると、縄をなったみたいにもつれ合って交尾しているのに出くわしたので、わけなく捕まえる。これを父や母の居ないとき部屋で放ち、卓袱台《ちゃぶだい》で本を読んでいた。匂いに敏感な生きものであるヘビが近寄ってくると、口を膨らませて息を吹きかける。と、たちまち反応して口からながくのばした舌先をしゅるしゅるさせたあと、ほっぺたを咬《か》んだり、腕から胸へ這って首へと巻き付いたり、しまいにはランニングシャツの内をひんやりさせながら抜けていき膝《ひざ》の上でとぐろを巻く。

これがハブだったらと思いながら得意になっていた。

雨戸は幾らか開けていた。

春夫が遊びに来て見てくれるのを期待したからだが、訪れたのは婆さんだった。父や母が留守なので、仏壇に手を合わせて帰ろうとしたのか、炊事屋《トーラ》から入ってきてわたしがへビを操《あやつ》っているのを見て度肝を抜かれ逃げていったことがあった。

数ヵ月前のことが、アオダイショウの青臭い匂いとともによみがえってくる。


わたしは春夫のところへ行かなかったものの、ながいあいだ学校を休んでいる春夫のことは糸満集落から来る生徒から聞かされていた。あの日、角力《すもう》で叩きのめした者たちとも会話をするようになっていた。彼らに話しかけたのは近所の友だちと市場のコンクリートの犬走りでめんこ《パッチン》をやっていると、魚を売っているオバさんたちが妙な話をしているのを耳にしたからだ。

糸満集落の子ども二人が入院しているとのことだった。

これを彼たちに訊《き》くと、顔を見合わせ黙ったままだったものの、そのうち喋り出す。

春夫が関わっていた。

ジャンケンで負けた者がハブのいる箱へ手を入れるという。

こんなことは誰だってやらない。

やるはずがないが、やったというのだ。

みんなあの日のことを、春夫だけのせいにして恨《うら》みを引きずり何とか仕返しをと考えていたらしかった。

ゲームの始まりにはそんな雰囲気が支配していた。

ジャンケンになって春夫が二人に勝つ。

数人が奇妙な人面石を台にしてハブの入った箱を囲んでいる。しびれを切らした春夫は負けた相手を小突き催促する。ところが青ざめ突っ立ったままふるえている。肩をすぼめた春夫がクックックッと笑う。それが馬鹿にしたということになって春夫はみんなから袋だたきに合った。起き上がった春夫は鼻血を手の甲で拭《ぬぐ》いながら、一人一人を射るように睨《にら》み、「ぼくが先に入れるからお前らもちゃんとやれよなぁ」別人みたいな声でつぶやく。仲間の先輩も聞いているから参加した二人は後に引けなくなる。箱の隅っこにとぐろを巻いている小ぶりのハブを見下ろしていた春夫が拳《こぶし》を握って内へ曲げるとすっと入れる。先輩の一人が時計代わりに左手首へ親指を当てて数える。しずかに鎌首《かまくび》をもたげはじめるハブが恐怖心を煽《あお》る。息を止め凍り付く。みんなの鼓動の秒針はひときわ高鳴る。十秒で切り上げようとしたそのとき、ハブが目にもとまらぬ速さで手首に跳びかかった。短い声を発した春夫は腕をあげる。手首に食らいついたハブがくねる。春夫は咄嗟《とっさ》にハブの首根っこを掴んで箱へ落とすと、手首を噛み、吸い込んだ血を吐きだすのをくり返した。この仕草に二人は恐怖のどん底へ陥《おとしいれら》れ、たちまち逃げだそうとするのを腕を掴んだ春夫が強引に箱へ押し込む。引き上げようと、悲鳴を上げ、もがくので、春夫は全身の力で覆《おお》い被さる。春夫のときよりも時間を掛けさせ、咬《か》まれたのを確認するとようやく放した。

一秒という刻《とき》がこれほどながく感じたことは無かったという。

このことは秘密にしていたので、単なる咬症《こうしょう》として片づけられ親たちの騒ぎはないのだと話していた。

翌日、春夫の手首は腫《は》れた程度で済み、他の二人も命に別状はなかったもののノイローゼになっているという。

春夫から耳打ちされていた。

最初だと毒牙は深く入るが、春夫の場合、固い疣《フツベー》が幾重にも花咲いた形で瘤状《こぶじょう》に盛り上がっていたから助けられている。むろん春夫はそのことを知ってのことだろう。それに他の二人は運がよかった。小さなハブで二度三度は浅くしか牙を食い込ませきれず毒の量も少ないということも話していた。

これで、これまでのような春夫への嫌がらせはなくなるに違いない。

ただ、わたしと春夫の問題が残っていた。


軒下ちかくで寝転んでいた。

夕刻だがまだ明るい。

黒ずんだ雲が空を流れていくのを眺めているうち、父や母がいたころのことを思い出していた。

幼稚園生のころから畑へ行く父を途中まで追っ掛けたりしては、行動範囲を広げていった。村の北側にある高校のグラウンドで遊ぶようになったのはそのころだった。モクマオウの木がグラウンドを囲むように道沿いにそびえ、中心部は楕円形に禿《は》げ上がり、周りに草が生えている。

そこに憧《あこが》れのバッタはいた。

ぎんねむの葉に止まっている褐色のバッタはわけなく捕れたが、飛翔力のある殿様バッタはむつかしい。後ろからそっと近づき、両手で被せるようにして跳び込んだ瞬間、黄色い羽根を凛々《りり》しくはばたかせ翔んでいく。へこたれない。さらに追っ掛け、舞い降りると、跳びかかる。翔び立つ。それを繰り返してバッタが疲れたころ、ようやく捕らえることができた。殿様バッタの引き締まった力強い体、頭部から胸部、後ろ脚にかけてながれる緑色はめんこ《パッチン》の武者絵のようで思わず、身体《からだ》が痺れた。飽きるほど眺めたあと、ポケットに入れると、ギザギザの付いた後ろ脚がときおり腿をパチッ、パチッと弾き返す。

その日も殿様バッタに夢中になり、時の経《た》つのを忘れていた。辺りを見回すとだれ一人いない。見慣れた風景が薄墨を一刷毛《ひとはけ》ひいたようになっている。何処《どこ》からか、奇妙な鳥の啼き声さえしてくる。民家の辺りまで行くには幾らか距離があり、道の脇にぎんねむが茂っていて、途中、粟石《あわいし》で造られた箱型の小屋がある。ぎんねむの茂みから見えるそれは、石の継ぎ目に生えた羊歯《しだ》が垂れ、目の荒い表面は湿り、青黒い海苔《のり》状のものがへばりつき、涎《よだれ》に似たねちっこい滴《しずく》がすじを引いていて薄気味悪い。そこを通るとき大人たちさえ足早に歩く。

父だってそうだ。

いつだったか、畑仕事で帰りが遅くなった夕暮れどきだった。父に寄り添うようにして小走りで駆けていた。そのころまではその近くに特別のことを感じることはなかった。ところが、父はわたしを見ると不気味な顔で笑い「うり〜　ガンダルゴ〜ヤ〜どお〜」低いだみ声でつぶやいた。恐ろしい響きをもったその言葉がわたしのなかでのたくる。そのせいで悪夢にうなされる。はっきりとした像をともなわないが暗がりから微かな摩擦音を立てたり、玉のような赤光でじりじりと迫ってきてはふくらんでいくのだった。

この増殖していく夢を、自分の中だけに閉じ込めることができずに、ある日、近所の友だち一人一人の顔をなめるように見回しながら身振り手振りで話すとみな息をひそめ顔を引きつらせていく。終いに父を真似て、突然、「ウリ！　ガンダルゴ〜ヤ〜どお！」声高に叫ぶと、泣きわめくものさえでた。

それからというもの、ガンダルゴーヤーはみんなにも恐ろしいものになっている。

思わず草の上に腹這いになり、再び辺りを見回してみる。草の葉の向こうにはモクマオウが気の狂《ふ》れたばさばさ髪の男のように直立して風に泣いている。後方のバンナー岳《だけ》さえたちまち巨《おお》きなコウモリとなって襲って来そうだ。そのとき、黒い大きな犬が荒い息を吐きぼくを飛び越え疾風のように駆け抜けていく。びっくりして手足をちぢこめる。心臓がどきどき騒ぎ立てる。頭が混乱する。うずくまったまま草に顔を埋め思案する。ガンダルゴーヤーまでには墓が三つある。位牌《いはい》や屋形のものに、たくさん子どもを産んで笑われている近所のおばさんの腹に似た亀甲墓。それだけではない。ガンダルゴーヤーを越えた後にも、銀バエのたかる犬や猫の死骸の転がる塵捨て場があり、道の側にはシャツの襟首を引っ掛ける低く垂《た》れた枝振りの大きなアコウ樹がある。これも意地悪な番人のようで怖い。

とても駆け抜ける勇気などない。

どうにもならなくてしゃくりあげていると、金輪を嵌《は》めた車輪の音が聴こえてくる。立ち上がると懸命に駆けていき、馬車の後ろに乗っかかる。ガンダルゴーヤーを過ぎて行くまで目を瞑《つむ》ったままだった。路面に突き出た石に車輪が乗り上げるたびに馬車が揺れる。馬の息づかいや、規則正しい蹄《ひづめ》の音が張り詰めたものをいくらか和《やわ》らげる。

やがてランプの灯る茅葺《かやぶ》きの我が家へ辿り着く。と、門の前に立っている母に怒鳴られ、遅くなった理由《わけ》を問いただされる。俯《うつむ》いたままズボンのポケットから取り出したバッタを無言のまま母に見せているうち涙が溢れだし、突然、堰《せき》を切ったように大声で泣きだした。広げた手のひらのバッタは後ろ脚がもぎれ、鎧《よろい》の頭部さえぐらついている。

その夜、父と母の間でつるつるの雛《ひな》のようになり、ときおり母へ身体《からだ》をすり寄せては乳房をまさぐりつつ眠りに落ちていった。

門ちかくの道に高く積まれた、茅《かや》の上から鎌《かま》の刃《は》みたいな月を眺めたことがあった。茅に寝ころんではあれこれ考える。

盂蘭盆《ソーロン》が過ぎたころ台風が襲ってきて、屋根の茅が飛ばされたので、父が茅を刈っていた。

赤瓦家《カーラヤー》の人は何ともなくて、電気をいれる話などしている。何だか茅葺きの家だけが遅れをとっていく気がする。

このところ独りで遊ぶことが多い。

この前も余所《よそ》の亀甲墓の中に入っていたら妙に安らいだ。

甕《かめ》には、ウシ、ツル、マツ、ナベという簡単な名がいくつもある。蝋燭《ろうそく》を立て、骨甕《こつがめ》からとりだした髑髏《しゃれこうべ》をならべてみたり、自分を取り巻く輪をつくったりする。髑髏は笑ったりお喋りしているみたいで楽しそう。やはり天国はあるかもしれないと考える。

昨日《きのう》は墓ちかくの沼地あたりから蛙《かえる》をたくさん捕り、ハエキビ草を肛門に突っ込み、息を吹き込んで爆発させるのをくりかえした。

でも、遊んでばかりではない。カバンにいつも本を入れ、ときおり読んでいる。

那覇から転校してきた女の子が道端で金米糖《こんぺいとう》に似た実をつける草を摘《つ》んでいるので、植物の名を教えてやると友だちになった。その子は勝気な子だ。いつも短いワンピースできれいなパンツをちらつかせる。悪戯《いたずら》っぽく瞳《ひとみ》を輝かせていてぼくに気がありそうなので、いつか墓の中に連れてきていろんな話をしよう。

遠く過ぎ去った日々を思い出していると、妙な安らぎを覚えるのだった。

いつの間に暗くなっている。

まばらな星の瞬きに気をとられる。

溜め息を尽きつつもそのまま身体《からだ》を横たえていた。

風が吹き、海鳴りが聴こえてくる。

押し寄せる記憶の波がまだある。

風にちいさな光が波長のようにほそい線を引いていく。

茅の上から飛び下り、蛍を追う。

北の方へふわふわながされていく。

ポケットのなかで2B弾とマッチが擦《す》れ合う。走る。草の葉先にとまっていて近づくとふっととびたつ。今夜の蛍はすばしっこい。塵捨て場の辺りまで来ている。バッタを捕ったことのある運動場から2B弾や爆竹の音が聴こえてくるが、風向きのせいかとおくに感じる。ぎんねむの葉のにおいがしてくる。蛍が水溜まりの草で息づくように明滅している。ぎんねむの茂みからぬけてきたもう一匹の蛍がとんできて草の葉の蛍がとびたつ。二匹の蛍はたがいに絡み合うのをくりかえしながら上空へ舞い上がっていきぎんねむの梢《こずえ》でくねっては西の方へとんでいく。ぎんねむを掻《か》き分けて進みながら湿っぽい臭いにはっとした。

龕小屋《ガンダルゴーヤー》だった。

蛍に夢中で気づかなかった。

立ち止まるとポケットからマッチをとりだし、扉のない入口に足を踏み入れ、マッチを擦《す》る。あたりが明るくなる。燃え尽きないうち何度もマッチを擦る。御嶽《オン》のような屋形の龕《がん》が朽《く》ちている。ところどころに残っている金箔《きんぱく》がきらきらする。生き物のにおいがするので灯をかざす。赤い妖しい光が奥のほうでかたまっている。マッチの軸《じく》を束ねる。ぼぼっとたちまち大きな焔《ほのお》に。目を凝らす。ハブだ！　それも、幾重にもからみあった綱みたいなハブが見つめている。焔に息を吹き込まれたのかたくさんのハブがずるずるうごめきはじめるので後ずさる。指先が熱くなり焔の軸を落とす。真っ暗闇。突然、吹き出した風がぼくの顔をなぶる。心臓が早鐘を打つ。

――ゆれるぎんねむの枝を掻き分けながら何度も転ぶ――叫び声を上げ全力で駆けていく友だちの、あの日の声がわたしの身体《からだ》にひびいてくる――。

春夫と向かい合っていた。

辺りにたくさんの花を散らせているユウナの木が揺れている。ときおり吹く風に鮫《さめ》の歯列のアダンの棘《とげ》が際立つくらい光る。

濃い眉の春夫が目尻の切れ上がった眼《め》でじっとわたしを睨《にら》んでいる。

「……信一はどうしてぼくが殺《や》ったと思っているんだ」

「これまでのいろんな経緯《いきさつ》からして春夫、君しかいない」

強い口調で言い返すと、

「ぼくは殺《や》ってない」

わたしの目をのぞき込む春夫が低い声で答える。

どうしても殺《や》ってないという、春夫の堂々としている態度に困惑しつつも、この場で何もかもハッキリせねばならなかった。

「いい加減白状しないか！」

春夫の腕を引き寄せる。力に任《まか》せても自白させるつもりだった。胸ぐらを掴んでつり上げ、拳《こぶし》を春夫の顔面めがけて打ち込もうとしたそのときだった。

「春夫はあんなことヤラン！」

乱暴に草戸を引く音がして女が。吃驚《びっくり》して手をゆるめ春夫を放す。突如として、目の前に現れた春夫と同じ訛《なま》りのある大柄な女にたじろいだ。

「オイ、お前、家《うち》の春夫を信じ切れなかったら二度と此処《ここ》へ来るな！」

浴衣《ゆかた》を着て化粧した綺麗な顔が怖ろしく迫る。振り向いた春夫が聞き取れない激しい言葉でやり合う。母親の剣幕にたちどころに怯《ひる》んでしまい目を逸《そ》らすしかなかった。

ペダルに足を掛けたわたしは初めの勢いはどうなったのか分からずじまいのまま春夫の家を後にしていた。

四日後に強い風が吹き始めた。

台風だった。

床下から柱を引き出し、これまでの見よう見まねで家の四方に支え《チカーンギ》を施《ほどこ》していると、隣の先生が来て自分のところへ避難するように話してくれる。それでも家にいたが、ランプの石油が切れたので先生の家へ行った。奥さんが食事をご馳走してくれる。食べながら、ときどき、眼鏡《めがね》を掛けた先生の顔を見るとあることが脳裏をよぎった。先生は赤瓦家《カーラヤー》の新築の際、南に面する一番座を全面ガラス戸にした。わたしたちがキャッチボールをしていると、気が気でないのかブロック塀の向こうでいつまでも爪楊枝《つまようじ》をせって立っていた。ちょうどわたしのところの門から北側になる。そんな数年前のことを思い出していると、先生がふと箸《はし》を休め語り出した。

「月夜の晩など君の家を眺めていると、ネクタイみたいなものが、風に吹き上げられているみたいに揺れているんだ。兄さんはカツオ漁で南方……ネクタイをする人はいないのになあ、と思いながらいたんだが、君のお父さんやお母さんが亡くなったときもネクタイがねぇ……でも、これはどこからか飛んできた凧《ピィキダー》の尻尾《ズー》の切れっ端が軒先に引っかかっていたのかもなあ。まあ、余り気にすることでは無いがね。それより君はさいきん成績が下がっていると同僚の先生が話していたぞ。お父さんやお母さんが亡くなって大変かも知らんが勉強はしないとイカン。困ったことがあったら先生に相談しなさい」

先生の奥さんも心配そうな顔でわたしへ手を伸ばしてお代わりを促す。

風雨が庭の福木や雨戸を激しく叩き付けている。ラジオの台風情報からは石垣島が眼に入るかも知れないと話している。我が家は大丈夫だろうか。心配するもどうしようもなく、夜明けを待つしかなかった。樹々のなぶられる音で、吹き返しになっているのを知りつつ、びくともしない家の中でわたしは眠りに落ちていた。

夜が明けると、お礼もそこそこに先生の家から駆け出した。

雨はやんでいるものの、風はまだ完全におさまっておらず、ときおり強い風が吹き付ける。門の辺りにはどこから飛んできたのか、板切れやトタンのめくれたものが、折れた桑の枝やパパイアの実などと道をふさいでいる。それらを避けて歩きながら我が家を見上げると、てっぺんの丁髷《ちょんまげ》はなく、場所によっては茅が逆立ったり、吹き飛ばされている。特に軒先がひどい。垂木《たるき》や竹がむき出しになっている。おじさんたちに頼んで修復して貰わなければと考えているとき、何やらうごいた気がしたので、床下からの梯子《はしご》で駆け上がった。

荒い息を吐くと、高鳴る動悸に、ソファから立ち上がり、落ち着きなく、歩き回ったり、群青色した缶からの〈両切りピース〉を立て続けに吸い込んでは煙を吐き散らす。

鼻腔の粘膜がひりひりする。

二十数年間も六坪くらいの狭い空間で独り、毎日のように他人の自分史を手助けする作業をしている。

仕事場のガラス戸越しに青空を純白な雲がしずかにうごいている。

豊年祭のとき大綱を飛び跳ねていた春夫だった。自転車で春夫の家近くまで来ると、夜空に二つの星から挟まれ銀砂を流したみたいな天の川がかかっていた。振り向いたわたしが指さすと、じっと見ていた春夫だったが、ぽつりと一言、ハブの抜け殻だとつぶやいていた。

今朝の新聞では台風九号が発生したのを報じていた。

このところ両腕を代わる代わる眺めては溜息をつく。春夫と二人で野山をさまよい太陽に焼かれたことから白い斑紋《はんもん》になっていたのを、遠いあの日の春夫の疣《フツベー》みたいだと思っていた。これが時を経《へ》るとともに褐色になって黒ずみ、かなり大きな老斑《ろうはん》となって目立ち始める。春夫は母親と台風が近づく前に漁師《ウミンチュ》のサバニでN島に帰ったと聞かされはしたものの、その後一度も会ってなく、消息はまったく分からない。でも、N島埠頭《ふとう》でハブを素手で捕まえたのは春夫だと考えている。ハブを感じた春夫に対してとったわたしの判断ミス。絵のことでさえ早とちりの思い込みであったことなど深く後悔している。梯子《はしご》を上がったあのとき、ハブを見たのだった。これも尻尾《しっぽ》の辺りを縄で括《くく》られたまま成長してとぐろを巻いていたハブが飛び掛かったので、避《よ》けようとバランスを崩《くず》し落ちたのだ。この年齢《とし》になった今でも大きく開いたやわらかい肉質の口からの、鋭い二つの牙先から頰《ほお》に飛び散った毒液の感触がよみがえってくる。

# あとがき

五時頃のことだった。

ピースとメビウス・ワンのタバコを交互に吸っているとき、NHKラジオから女子アナの声で、〈8月2日〉は語呂合わせで《ハブの日》になっていることを話していた。

何ということだ。これまで小説エッセイと、ハブのことを誰よりも多く書いていたにしてはまったく知らなかった。

実は、ハブの登場する小説『鱗啾《りんしゅう》』を仕上げていたのだ。

小学校、中学校、高校と、茅葺《かやぶ》きの家で生活したことがあったことから、茅葺《ガヤヤー》き家を舞台にしたものをと考えた。

偶然にも、収録作品脱稿の日がハブの日と重なったことを喜び、たちまち良《い》い気分に。

少年の日の割に合わなかった青い風景が甦《よみがえ》ってくる。

今では信じる人もいるかどうか分からないが、子どものころ、ヘビの夢を見ると金運に恵まれるといわれた。そんなとき、家の中だけにいて幸運は訪れない。行動を起こす。市場の辺りの人混みや、中央通り、銀座通りを歩く。何もない。それでも、ここで諦《あきら》めてはなるものかと、映画館の前を目を皿にして歩いた結果、やっとのこと、くちゃくちゃの一ドル札を拾ったことが一度だけあった。

それに『鱗啾《りんしゅう》』はわたしにとって幼少の頃から、ずっと負い目であったものをプラスに変えたという思いが。

むしろこのことが大きいかも知れない。

これは茅葺きの家に住んだものでなければ分からないものだ。

小学五年生のときだった。

部屋の角っこの、小さな勉強机まえの、黒ずんだ板壁を何とかならないものかと考える。

数日後、学校裏門から西に在《あ》る赤瓦の、白壁が眩しい琉米文化会館へ向かう。

ていねいに剪定《せんてい》された卵形のモクマオウ。噴水のある丸い池。子どもたちがゲンゴロウやヤゴを捕るため池を掻《か》き回し、緑色に濁している。入り口から西はウォルト・ディズニーの「白雪姫」や青年会の演劇を何度も観たホール。通路を東へと歩く。図書室には大きなテーブルが北まで六つほどある。向かいの窓からは、デイゴの木陰で三本線セーラー服の姉さんたちのコーラス。左側の七つほどの書架列を通り過ぎると四角く仕切られた二つ目の閲覧《えつらん》室。書架の下から二段目に、平凡社の世界美術全集がある。前に何度もめくっていたから分かる。白い台紙に貼《は》られた写真みたいに上手《うま》く描《か》かれているラファエロ、ミケランジェロ、レオナルド・ダビンチを数枚剥《は》ぎ盗《と》って来て、壁板へご飯つぶで貼り付け満足していた。

ところがそれもつかの間のこと。台風の日に、板壁の隙間から這入った風雨にやられ、見るも無惨に膨《ふく》れ上がってひらひらする。

情けなくて、数週間後に、再び、美術全集を捲《めく》ったりするも気に入ったものがなく、ホール北側の、中国からイモを入れ島民の食料難救済に多大な貢献をもたらせたと父から聞かされている、波照間高康翁《はてるまこうこう》の頌徳碑《しょうとくひ》を眺めたりしながら帰る。その後、友だちから貰った月遅れマンガ誌の巻頭を飾っていた小松崎茂のジエット戦闘機や宇宙船、近未来予想都市など、色刷り折りたたみ細密画に貼り替えたことがあった。

ほんとに茅葺き家《ガヤヤー》には悩まされ続けたものだ。

だから、茅葺《かやぶ》き家の体験が無かったならば『鱗啾《りんしゅう》』は生まれなかったといえる。

まさに〝禍福《かふく》は糾《あざな》える縄の如《ごと》し〟というべきか。

その、『鱗啾《りんしゅう》』が今回、新書サイズの手軽なタイムス文芸叢書に『燠火《おきび》』と一緒に編まれることとなった。記念すべき『燠火《おきび》』と併《あわ》せて読んでもらいたい。

どちらもハブが重要なモチーフとなるものである。

〈8月2日〉を縁起の良い日として、これからも忘れることはないだろう。それに、日ごろ嫌われものの毒蛇、ハブさんにも感謝する。

**竹本真雄**（たけもと・しんゆう）

1948年12月15日生まれ。著述業。八重山農林高校卒業。1991年「鳳仙花」で第18回琉球新報短編小説賞佳作。99年「燠火(おきび)」で第25回新沖縄文学賞受賞。2000年他人名義の「大濱永丞私史―八重山『濱の湯』の昭和―」が第３回日本自費出版文化大賞受賞。02年「犬撃(うっ)ち」が第19回織田作之助賞最終候補に。08年沖縄タイムス夕刊に県内作家シリーズとして「黒芙蓉(こくふよう)」を連載。

燠火／鱗啾　　タイムス文芸叢書003

2015年8月2日　第1刷発行

著　者　竹本真雄
発行者　上原徹
発行所　沖縄タイムス社
〒900-8678　沖縄県那覇市久茂地2-2-2
出版部　098-860-3591
www.okinawatimes.co.jp
印刷所　文進印刷


ISBN978-4-87127-223-0　Rrinted in Japan